Carmen Wiese

Das Rätsel um MANI

Carmen Wiese

Das Rätsel um
MANI

Projekte-Verlag
Cornelius

Impressum

1. Auflage

Mitglied im Börsenverein des Deutschen Buchhandels

Satz und Druck: Buchfabrik Halle · www.buchfabrik-halle.de

ISBN 978-3-95486-089-0
Preis: 12,50 Euro

1. September, 19.00 Uhr

Ich muss mich beeilen, heute bin ich zu unserem Klassentreffen eingeladen. Es ist tatsächlich schon vierzig Jahre her, dass ich eingeschult wurde. Wahnsinn. Ich habe die Polytechnische Oberschule Welbsleben schon 1980 verlassen. Polytechnische Oberschule ist ein Begriff aus der DDR, denn ich bin in der damaligen DDR geboren und aufgewachsen. Von 1980 bis 1984 war ich in Hettstedt auf der erweiterten Oberschule, um mein Abitur abzulegen. Die Schulzeit beträgt in unserem Leben nur eine kurze Zeit und doch ist sie so prägend. Ich bin das älteste von vier Kindern. Schon damals gab es nicht so oft Familien mit mehr als drei Kindern. Ehrlich gesagt habe ich auch wenig darüber nachgedacht, dass ich aus einer kinderreichen Familie stamme. Was mich immer traurig gestimmt hat, ist, dass ich nie mit meiner Familie im Urlaub war. Entweder war kein Geld da oder die Haustiere mussten versorgt werden. Das habe ich zur Antwort bekommen, wenn ich gefragt habe. Da ich jedoch eine große Sehnsucht nach anderen Orten hatte, habe ich alles in der Schule gegeben, um ins Pionierlager fahren zu dürfen. In der sechsten Klasse war mir dann das Vergnügen gegeben, ins Pionierlager nach Bad Schmiedeberg zu reisen. Heute noch ist meine Sehnsucht groß, andere Länder und Kulturen kennenzulernen. Mittlerweile ist die Einschulung vierzig Jahre her und in dieser Zeit hat man sich verändert, sowohl körperlich als auch geistig. Ich glaube, die meisten aus meiner Klasse kenne ich kaum. Was kann man auch schon von jemandem wissen, mit dem man acht Jahre gemeinsam in die Schule gegangen ist. Ich versuche urteilsfrei zu sein, aber das ist einfacher gesagt als getan. Vielleicht stimmt es doch, dass unsere Persönlichkeit von Anfang an da ist, nur unser Verhalten können wir ändern. Ob immer zum Vorteil, das ist fraglich. Was habe ich letztens erst gelesen:

»Warum Vertrauen siegt«, wie wahr.

Wir werden sehen, was das Klassentreffen bringt. Auf alle Fälle will ich toll aussehen, der erste Eindruck ist überall der wichtigste. Also los, Indira, leg dich ins Zeug und zeig, was du kannst.

20.00 Uhr

Sechs ehemalige Schüler sind schon da. Hoffentlich fallen mir ihre Namen ein.

»Hallo Brigitte.«

»Hallo.«

Wenn sie redet, reicht es, ihr zuzuhören, man kommt sowieso kaum zu Wort. Daneben Karin, ihre Freundin, sagt sie. Damals war es nicht so, aber heute wohnt sie weit weg und kann bei Brigitte schlafen. Karin ist irgendwie aufgedreht, sie wird sich doch wohl nichts eingepfiffen haben.

»Hallo René.«

»Hallo.«

Er war damals schon der Kleinste. Heute ist er sicherlich größer, aber mit 1,70 Meter noch kein wirklich großer Mann. Immer noch ärgert er sich, dass es ihm an gesundem Ehrgeiz fehlt. Die Einsicht ist gut, nur verändern muss er es und kein anderer. Vielleicht sagt er mir deshalb immer, dass er meine Dynamik bewundert. Früher hätte ich das nicht positiv betrachtet, aber heute macht es mich stolz. Denn eine gesunde Portion Ehrgeiz braucht der Mensch, jedenfalls ich. Es ist mir wichtig, dass ich zufrieden bin mit dem, was ich tue und wie ich es tue. Es ist nicht so, dass ich die Arbeit, der er und auch viele andere nachgehen, nicht schätze. Nur ehrlich gesagt, bin ich nicht der Mensch, der acht Stunden an der Maschine oder im Büro sitzen kann. Ich brauche meinen Freiraum und ich will eigenständig und selbstständig arbeiten können. Egal ob es acht Stunden oder mehr sind. Seit fünfzehn Jahren trage ich keine Uhr, denn Zeit ist für mich relativ. Zu Terminen bin ich noch nie zu spät gekommen. Nur, in unserem Zeitalter darf man kaum noch jemanden auf der Straße nach der Uhrzeit fragen. Der Blick allein genügt, um zu verstehen. Manchmal sage ich dann, meine Uhr hat sich gerade getarnt, aber irgendwie lächelt dabei keiner. Schade eigentlich. Es gibt Menschen, die können einem sogar sagen, an welchem Wochentag und vor allem zu welcher Uhrzeit sie geboren wurden. Vielleicht sind sie auf dem Bahnhof zur Welt gekommen. Ich habe mir bei meiner Geburt bestimmt Zeit gelassen.

Neben René sitzt Kurt. Kurt ist nicht viel größer als René. Nur ist er gedrungener. Er erinnert mich ein bisschen an Buddha, denn er hat immer ein Lächeln im Gesicht. Vielleicht ist er mit sich tatsächlich im Reinen. Er hat drei Kinder und auch schon ein Enkelkind, Opa Kurt. Dort ist Ria. Früher dachte ich, sie ist eine Freundin. Ich weiß auch nicht, wie man sein eigenes Leben so nutzlos leben kann. Sie hat Udo Schmedt, auch aus unserer Klasse, geheiratet. Udo hat früher schon gern mit Panzern gespielt und ist dann auch zu DDR-Zeiten bei der Armee gewesen. Wann dort Schluss war, weiß ich nicht, wahrscheinlich zur Wendezeit, danach ist er ziemlich abgedriftet. Man könnte denken, er ist ein Penner. Er ist heute nicht dabei, ein Wunder, dass Ria allein gekommen ist. Würde mich schon interessieren, wieso sie sich nicht von ihm trennt. Ah, dort sitzt Katrin. Katrin Sebach. Ich glaube, sie hat vier Kinder. Sie macht einen sehr zufriedenen Eindruck. Das freut mich für sie, sie ist ein angenehmer Zeitgenosse. Der Raum füllt sich, es kommen immer mehr. Wir sitzen an einer Tafel, reden, trinken, essen und schmunzeln manchmal. Wie auf allen Klassentreffen werden Einschulungsbilder gezeigt. Komisch, ich muss meine Mutter fragen, wieso ich mich nicht auf dem Klassenfoto finde. Ich kenne nur ein Einschulungsfoto von mir, was mich vor unserer Wohnung zeigt. Auf einem Foto sind wir als Klasse in der Baumannshöhle in Rübeland zu sehen, ich mit Rock und Strumpfhose. Die Strumpfhose ist schlecht geflickt. Als ich etwas zu lange auf das Foto schaue, ahnt Katrin wohl, was ich denke.

»Indira, ihr ward nun mal eine arme Familie.«

Ich antworte nicht, denn es trifft mich, dass man es einem Bild ansehen kann. Lange Zeit war ich der Meinung, Armut schändet nicht. Aber das ist nicht wahr. Heute weiß ich, dass Armut sofort erkennbar ist, und man dadurch gleich einen Stempel aufgedrückt bekommt. Am schlimmsten ist, dass Armut tatsächlich riecht. Jetzt kommt Meike, Meike Hülskath. Meike war sehr frühreif, sie hat mit sechzehn Jahren ihr erstes Kind bekommen. Jetzt wohnt sie in Berlin. Sie macht mir ständig Komplimente, von wegen, was ich alles aus meinen Leben gemacht habe, dabei weiß sie gar nichts von mir. Früher hatte sie das Sagen in der Klasse, nicht weil sie die Schlauste war, sondern weil sie sich schon früh durchgesetzt hat. Vielleicht war das ihr Ausgleich zu ihren Brüdern. Wer weiß. Und neben ihr sitzt Marko, Marko Raufuß. Er sieht aus wie ein Bodybuilder. Von ihm weiß ich, dass er beim Bund ist, ich habe den Eindruck, dass er als Sicherheitsbeauftragter oder Personenschützer arbeitet.

23.54 Uhr

Jetzt erzählen wir uns Schauergeschichten. Es ist die Rede von okkulten Handlungen, Verrückten sowie Besessenen. Katrin erzählt von ihren Befürchtungen, sie glaubt tatsächlich, die Welt könnte untergehen. Sie schaut in die Runde und fragt:

»Macht ihr euch keine Gedanken über die Prophezeiungen des Weltuntergangs?«

Als keiner antwortet, sage ich:

»Die Mayas haben doch nur ihren Kalender nicht weiter vervollständigt. Der Kalender der Mayas beginnt am 1. August

3114 v. Chr. und endet am 21. Dezember 2012. Vielleicht ist das aus astronomischer Sicht auch ein Neuanfang. Wir sollten uns nicht verrückt machen.«

Ich hob mein Glas, prostete ihr zu und sprach:

»Auf die Zukunft.«

Zum Glück folgten alle meinem Beispiel. Da ich in meinem Beruf schon genug mit schrägen Vögeln zu tun habe, will ich mich verabschieden. Doch jetzt drängen sie mich, von meiner Arbeit zu erzählen. Natürlich bekommen sie von mir keine Storys zu hören. Sie wissen, dass mein jetziger Beruf bei der Kriminalpolizei Profilerin ist. Da sie sich nichts Genaues unter einem Profiler vorstellen können, wollen sie mehr über meine Tätigkeit erfahren. Ich entspreche ihrem Wunsch und sage:

»Ein Profiler ist ein Fallanalytiker, ein Profilersteller. Meist ist er Angehöriger der Polizei. Indizien und Spuren am Tatort helfen, auf das Verhalten eines Täters zu schließen oder ein Muster zu erkennen. Es ist nicht die Psychologie, sondern vielmehr die Kriminalistik und Soziologie, die zu einem Ergebnis führen. Ich erstelle keine psychologischen Täterprofile, sondern eine Fallanalyse, wobei mir die Fakten und Sichtweisen der Kollegen hilfreich sind.«

Während ich so sprach, war es sehr still im Raum geworden. Der Kellner hat sich gar nicht getraut, nach unseren Wünschen zu fragen, er hat sich diskret zurückgezogen. Dabei wollte ich heute nicht über meinen Beruf reden, sondern wollte vielmehr erfahren, wie es den anderen so ergangen ist. Nachdem ich geendet hatte, war irgendwie die Unbefangenheit weg. Ich räusperte mich und fragte:

»Wie ist es denn euch so ergangen?«

Marko fing zum Glück zu lachen an.

»Vielleicht lesen wir ja mal in der Zeitung von dir.«

Ich lächelte gezwungen.

»Ja, vielleicht.«

2. September

Mario, mein Mann, und ich sind gerade von einem langen Spaziergang zurückgekommen. Ich liebe diese Art, spazieren zu gehen, ohne Handy, nur wir und die Natur. Es macht den Kopf frei und man kann sich unglaublich gut konzentrieren. Wenn wir uns nicht unterhalten, dann hängt jeder seinen Gedanken nach und wir schweigen, ohne dass es jemandem unangenehm ist. Ich bin meinem Mann dankbar dafür, dass er mich so liebt, wie ich bin. Während unseres Spaziergangs ist eine Nachricht auf meiner Mailbox eingegangen.

»Kommen Sie bitte ins Büro, es ist wichtig!«

Was der Chef wohl von mir will? Immerhin ist heute Sonntag und das ist doch sonst nicht seine Art.

Im Büro sagt der Chef: »Frau Albrecht, Sie bekommen morgen einen neuen Kollegen. Ich wollte Ihnen das schon gestern sagen, doch irgendwie habe ich es vergessen. Ich hoffe, dass das für Sie kein Problem ist.«

»Nein, die Stelle war ja ausgeschrieben.«

»Na, dann. Schönen Sonntag.«

Das hätte er mir auch am Telefon sagen können. Das Diensttelefon klingelt, ich hebe ab und ein Polizist sagt:

»Kommen Sie auf die Burg Arnstein. Wir haben einen Toten. Der Neue ist auch schon da.«

Der Neue, denke ich. Wie hat er denn schon davon erfahren? Auf dem Weg zum Arnstein bin ich ganz in Gedanken an diese alte ehrwürdige Burg. Es ist eine Burgruine aus dem 11. Jahrhundert. Sie thront majestätisch auf dem Hügel und ist immer noch von einer geheimnisvollen Kraft umgeben, die einen in ihren Bann zieht. Welche Abenteuer, Intrigen, Liebesschwüre hier wohl getätigt wurden?

Schon von Weitem sehe ich einen großen Menschenauflauf. Der Eingang zur Burg ist mit Polizeiband abgesperrt. Die Presse ist auch schon vor Ort. Der neue Kollege kommt mir entgegen. Das kann doch nicht wahr sein. Wir geben uns die Hand und grinsen uns verschwörerisch an. Es gibt Menschen, denen kann man blind vertrauen, und so einer ist ab heute der mir bekannte Mathias. Wir kennen uns schon sehr lange, seit der Penne. Na ja, und wie bei den meisten Jugendlichen ist das eine Zeit voller Widersprüche, eine Zeit, sich selbst zu finden, und eine Zeit der Diskos. Ich war bestimmt dreimal in der Woche in der Disko. Meist war das immer der Mittwoch, der Freitag und der Samstag. Samstag war das Highlight. Endlich mit Gleichgesinnten philosophieren und tanzen bis zum Umfallen. Obwohl Mathias einen anderen Freundeskreis hatte als ich, haben wir uns immer toll verstanden. Wir haben uns gegenseitig von unseren Träumen und Gefühlen, die uns begleitet haben, erzählt. So ist das hoffentlich auch heute noch. Mathias ist, genau wie ich, sechsundvierzig Jahre jung und sieht immer noch ansehnlich aus. Mittlerweile sind die Geheimratsecken sichtbar und das Haar ist schwarz gefärbt. Vielleicht hat er eine neue Liebe? Er erzählt mir, dass Spaziergänger einen grausigen Fund auf der ersten Etage gemacht haben. Wir gehen nach oben. Ziemlich in der Mitte des Saales liegt ein Kopf von einem Menschen. Der Kopf ist sehr rund und sein Schädel sieht aus wie von einem Mönch aus dem Mittelalter. Frau Dr. Rohrschneider, Gerichtsmedizinerin, zeigt mir einen Papierschnipsel. Er ist sehr zerknüllt und wahrscheinlich mit Speichel übersäht.

Ich erkenne einen Kopf von einem Mann. Es ist eine alte Darstellung. Der Mann hat eine sehr hohe Stirn und die Augen schauen streng oder strafend seinen Betrachter an. Die Nase ist groß und lang, nach unten wird sie dick. Das Gesicht ziert ein starker, wahrscheinlich langer Vollbart. Die Buchstaben M. CY sind zu erkennen. Meine erste Intuition sagt mir, dass es vielleicht ein Mönch sein könnte. Frau Dr. Rohrschneider sagt: »Das hier ist nicht der Tatort. Wir sind dabei, den Umkreis zu erkunden. Morgen kann ich Ihnen mehr sagen.«

Was soll uns das sagen?

Mathias und ich schauen uns die Umgebung an. Jede Menge Glasscherben liegen hier herum, ich glaube zwar nicht, dass sie mit dem Tatort zu tun haben, aber wer weiß das schon. Die Beamten packen erst einmal alles ein. Da ich selbst hier wohne, kenne ich die Umgebung sehr genau. Ich zeige Mathias den Weg von der Burg hinab ins Tal.

»Kennst du dich noch hier aus?«

»Ehrlich gesagt, nein. Es ist alles lange her. In fünfzehn Jahren ist so viel passiert und für Heimatgeschichte habe ich mich früher nicht interessiert. Zum Glück bist du meine neue Partnerin und du wirst mich, wie ich dich kenne, auf dem Laufenden halten«, sagt er grinsend.

»Dann will ich dir etwas über die Burg und unseren Landkreis erzählen.«

Ich sage: »Unsere Burg Arnstein befindet sich im Landkreis Mansfeld-Südharz. Geografisch befinden wir uns im Südwesten des Bundeslandes Sachsen-Anhalt. Der Norden des Landkreises wird vom Mansfelder Bergland bestimmt und im Westen gehören Teile des Südharzes dazu.«

Mathias nickt zwischendurch, aber unterbricht mich in meinem Redefluss nicht.

»Unser Landkreis gliedert sich in neun Einheitsgemeinden und zwei Verbandsgemeinden. Darunter zählt eben auch die schöne Stadt Arnstein. Im kleinen Ort Harkerode befindet sich die Burg Arnstein, die unserer Stadt den Namen gegeben hat.«

Mathias meint, dass er noch einiges weiß von früher, aber mittlerweile ist er schon seit fast zwanzig Jahren nicht mehr hier gewesen. Ich erkläre ihm, dass mehrere Wege von der Burg in den Ort führen. Der kürzeste hinab führt an einem Parkplatz am Fuße der Burg vorbei. Entweder man hat hier sein Auto geparkt, so vielleicht auch der Täter, oder man ist zu Fuß unterwegs. Es gibt zwei Möglichkeiten. Die erste ist, man überquert die Straße, an der sich die Werkstatt von BIFF befindet, und gelangt so zum Mausoleum der Knigges und weiter zum hinteren Teil des Kinderheimes. Früher war dies das Schloss der Knigges. Am Kinderheim vorbei kommt man auf einen Waldweg zur Gaststätte »Grünes Röckchen«, oder vom Eingang des Kinderheimes direkt in die Lindenallee vor zur Hauptstraße. Diese führt dann rechts nach Ulzigerode oder Alterode und links nach Welbsleben oder wieder zur Burg nach Sylda. Der zweite Weg führt wiederum an BIFFs Werstatt vorbei, am alten Bierkeller der, Burg entlang bis zur Hauptstraße am Anfang des Ortes. Ich frage Mathias, ob er schon einmal zur Walpurgisnacht hier war.

»Nein. Das ist doch die Nacht, in der die Hexen verbrannt werden, oder?«

»Da muss ich dir widersprechen«, sage ich und schüttele energisch den Kopf.

»Die Walpurgisnacht hat nichts mit der Hexenverbrennung zu tun. Um den Sinn des Walpurgisbrauches zu verstehen, muss man etwa 1 200 Jahre zurück in die Vergangenheit gehen. Damals lebten in unserem Raum Menschen, die dem Stamm der Sachsen angehörten und von Karl dem Großen zum Christentum bekehrt wurden. Natürlich nicht ganz freiwillig. Nach wie vor fühlten sie sich mit ihren alten Göttern verbunden und huldigten ihnen weiter. Da dies unerkannt und heimlich geschehen musste, zog man sich in das unwegsame Gebiet der Harzberge zurück und vermummte sich. Sicherlich, um unerkannt zu bleiben und auch um die bösen Geister zu vertreiben. So feiert man hier am 30. April das heidnische Frühlingsfest. Die

Vermählung Wotans mit Freya. Das große Feuer soll den Winter verscheuchen und den Frühling begrüßen. Ähnlich wie in Irland die Beltanefeuer. Kinder, die während dieser Nacht gezeugt wurden, galten als heilig, auch wenn die Vaterschaft nicht immer klar war.«

»Interessant«, sagt Mathias.

»Leider ist der Brauch, so wie du es berichtest, lange vorbei. Heute muss ich, wenn ich in dieser Nacht Spaß haben will, vielleicht ein ganzes Leben lang zahlen. Dann lass ich lieber die Finger davon.«

Ich konnte mir ein Grinsen nicht verkneifen. Hier müssen so viele Leute langgelaufen sein, dass wir bestimmt keine verwertbaren Hinweise finden, denke ich.

»Hat denn jemand die Spaziergänger befragt, ob ihnen jemand entgegenkam?«

»Ich denke schon«, antwortet Mathias.

Ich sage: »Wir müssen eine Teambesprechung einberufen, spätestens morgen, dann hat Frau Dr. Rohrschneider vielleicht schon etwas Genaues für uns. Ich frage mich nur, wo der Rest des Körpers ist. Ich kann mich irren, aber es macht auf mich den Eindruck einer Botschaft, die der Zukunft gewidmet ist. Es wird nicht das letzte Zeichen gewesen sein. Apropos Zeichen. Wir müssen rauskriegen, was der Papierfetzen uns sagen will. Ich habe keine Ahnung.«

»Ehrlich gesagt, wenn du sie nicht hast, wer dann sonst. Du beschäftigst dich doch mit Fallanalysen«, sagt Mathias.

»Fallanalysen beschäftigen sich mit Fakten und nicht mit Hypothesen«, antworte ich etwas spitz.

»Was denkt ihr, wie lange Indira braucht, bis sie dahinterkommt, dass die Leiche vom Friedhof ist?«

»Wo genau hast du die Leiche hingebracht?«

»Na, wie abgesprochen zur Burg, aber nicht die ganze Leiche, das wisst ihr doch, nur den Kopf, sonst wissen sie ja sofort Bescheid.«

»Das war aber nicht so gedacht, wir wollten ihr nur einen Denkzettel verpassen. Mir ist bei der ganzen Sache nicht wohl, am liebsten würde ich gleich reinen Tisch machen.«

»Du bist wohl verrückt. Mal sehen, was die Presse morgen berichtet. Wir gehen wie immer unserer Arbeit nach und warten einfach ab, und zu keinem ein Wort. Ist das klar«?

»Ja. Ja.«

3. September

Wie jeden Morgen lesen wir die Zeitung zum Frühstück. Mario sagt: »Es geht hauptsächlich um den Fund vom Wochenende, das Foto ist ihnen recht gut gelungen. Sag mal, was hast du da in deiner Hand? Habt ihr bei der Leiche etwas gefunden?«

»Zeig mal. Beachtlich.«

»Was meinst du mit beachtlich«, sagt Mario?

»Du weißt doch, dass ich nicht über meine Arbeit reden darf. Ich mache mich los. Bis heute Abend.«

9.00 Uhr, Teamsitzung

»Gut, dass ihr alle gekommen seid. Mathias, Frau Dr. Rohrschneider kenne ich. Euch nicht, seid so gut und sagt kurz was zu eurer Person und euren Aufgabenbereichen.«

»Ich bin Herr Vogel, vor allem bin ich für das Internet, sprich für den Computer, verantwortlich. Also wenn ich was rausfinden soll, dann an meine Adresse.«

»Ich bin Frau Meier, gemeinsam mit drei anderen Kollegen sind wir für die Spurensicherung verantwortlich. Alles, was der Tatort hergibt, landet bei mir und wird ausgewertet.«

»Und ich bin Frau Rieger, für mich bleiben die Zeugenaussagen, das Wichtigste, was Verdächtiges melde ich dann Herrn …«

Sie schaute zu Mathias und er erwiderte.: »John.«

Ich wende ein: »Was wichtig und was verdächtig ist, ist nicht immer einfach. Manchmal sind es die unscheinbarsten Sachen, die uns zum Ergebnis führen. Deshalb werden wir eine Fallanalyse erarbeiten. Wer von Ihnen hat schon mit dieser Methode gearbeitet?«

Keiner äußert oder meldet sich zu Wort.

»Gut. Dann werden wir einen Schnellkurs in kriminalistischer Fallanalyse machen. Das meiste lernt man sowieso beim Erstellen. Analyse bedeutet eine Zergliederung eines Ganzen in Einzelteile. Alle Erkenntnisse werden gesammelt und entweder als Mindmaps oder in Tabellenform sortiert. Jeden Tag werden wir uns treffen und die Analyse vervollständigen. Kriminalitätsanalysen lassen sich einteilen in die Felder Verbrechen, Verbrecher, Verbrechensbekämpfung, das ist wichtig für später. Damit man ähnliche Fälle schneller erkennen kann. Jetzt sind für uns die W-Fragen am wichtigsten. Wer ist das Opfer? Wann war der Todeszeitpunkt? Wie ist das Opfer gestorben? Was ist das Motiv dieser Tat? Wo ist das Opfer gefunden worden? Womit wurde es getötet? Wer hat ein Motiv? Das Ergebnis der Fallanalyse stellt also stets ein Gesamtbild dar. Zusammengefügt aus dem Bild über die Tat, das oder die Opfer und eine Vermutung den oder die Täter betreffend. Das Ganze steht in Bezug zur Tatzeit oder der Fakten für diese Tathandlung. Deshalb müssen Fallanalysen schriftlich erfolgen. Herr Vogel, Sie sagten, Sie sind für den Computer verantwortlich?«

Er nickte: »Sie werden zusätzlich eine Excel-Tabelle erstellen. Alles, was wir nach unseren Teamtreffen sortiert haben, werden Sie dort eintragen. Lassen Sie uns beginnen! Was wissen wir? Frau Dr. Rohrschneider, wann wurde das Opfer getötet?«

»Tja, sehr schwer zu sagen«, antwortet sie.

»Nach meinen Berechnungen muss er schon mehrere Tage tot sein. Ich weiß nicht, wieso jetzt sein Kopf aufgefunden wurde. Ich habe eine DNA, jedoch ist er nicht aktenkundig, also wissen wir auch nicht, wer er ist.«

»Wenn das so ist«, sage ich.

»Indira, ein Anruf für dich«, sagt unsere Sekretärin.

»Bitte jetzt nicht, lass dir die Telefonnummer geben und sage, ich rufe zurück. Wo waren wir stehen geblieben. Ach ja. Wo wurde das Opfer gefunden?«

Frau Meier antwortet: »In der Burg, der zweiten Etage, ziemlich in der Mitte. Die Zeugin sagt, sie habe nichts angefasst. Sie habe sofort mit dem Handy die Polizei verständigt. Sie hat noch von einem Mann gesprochen, der mit seinem Hund spazieren war.«

Frau Rieger schließt sich an: »Das war Herr Schützendübel. Er hat nichts gesehen, denn er war nicht in der Burg.«

»Ja, ich kenne ihn«, sage ich.

»Er geht öfter mit seinem Hund dort spazieren. Womit oder wodurch könnte der Tod herbeigeführt worden sein?«

»Auch hier weiß ich keine Antwort, Indira«, antwortet Frau Dr. Rohrschneider.

»Ich glaube, der Grund seines Todes war eine Erkrankung und jemand hat uns nur die Leiche präsentiert. Wieso, weiß ich nicht.«

»Das wäre ganz schön makaber, oder?«, sage ich.

»Was ist mit dem Papierfetzen, den er im Mund hatte?«, spricht Mathias.

»Du hast recht«, stimme ich ihm zu.

»Der Schnipsel, vielleicht kommen wir damit weiter.«

»Herr Vogel, konnten Sie schon etwas damit anfangen?«

»Nein, er sieht aus wie ein Mann aus einem anderen Jahrhundert, aber mehr konnte ich noch nicht in Erfahrung bringen«, sagt er.

»Was bedeuten die Buchstaben M. CY?«

Stillschweigen.

Ich sage: »Wir sollten alle versuchen, uns hierzu Gedanken zu machen. Haben Sie Spuren auf dem Zettel gefunden, Frau Dr. Rohrschneider?«

»Scheint mit einer Schere ausgeschnitten, von einem Rechtshänder«, antwortet sie.

Wir müssen unbedingt rauskriegen, was der Zettel zu bedeuten hat, denke ich.

Herr Vogel fragt: »Soll die Information vom Kopf an die Presse gehen?«

Ich antworte: »Erst einmal nicht, je weniger darüber Bescheid wissen, umso besser. Also wer von Ihnen etwas rauskriegt, egal was, gibt Bescheid. Alles klar?«

Ich hole mir bei jedem ein Nicken ab und gehe in mein Büro. Zuerst will ich den Anrufer zurückrufen.

»Indira Albrecht, Sie wollten mich erreichen?«

»Ja«, sagte der Teilnehmer. »Ich weiß, wer der Tote ist und wie er dorthin gekommen ist.«

»Woher wollen Sie das wissen? Waren Sie dabei?«

»Immer langsam. Wann können wir uns treffen?«, fragte er.

»Heute Abend zum Essen im ›Grünen Röckchen‹, 19.30 Uhr. Ist das in Ordnung für Sie?«

Er sprach: »Ja. Aber ohne Begleitung.«

»In Ordnung«, sage ich.

Das »Grüne Röckchen« ist schon seit dreihundert Jahren ein beliebter Rastplatz. Wir sind froh, dass es in unserem kleinen Ort ein Gasthaus gibt, das uns gefällt und dessen Wände Geschichten erzählen können. Erstmalig urkundlich erwähnt wurde es 1663. Da es an der alten Verkehrsstrecke Hannover–Goslar–Halberstadt–Eisleben–Halle, lag, wurde das »Grüne Röckchen« Poststation. Von 1696–1722 war Adam Schwennicke Posthalter. Als der alte Posthalter starb, verweigerte der hiesige Pfarrer eine Leichenrede. Adam Schwennicke war ein Freidenker. 1836 wurde Carl Bendler Posthalter im »Grünen Röckchen«. Er war der letzte, denn die Eisenbahn veränderte alles und Postkutschen waren nicht mehr rentabel. Im »Grünen Röckchen« begann man sich auf die Gastwirtschaft zu beschränken. Anfang des 19. Jahrhunderts gab es hier den ersten Gastwirt. Kurze Zeit später kaufte der Fleischermeister

Nüsslein aus Quedlinburg das »Grüne Röckchen«. Die Nachkommen der Familie Nüsslein betrieben die Gaststube bis in die Mitte des 19. Jahrhunderts. 1984 kauften Gisela und Wilfried Gattermann das »Grüne Röckchen«. Seit 1999 wird es liebevoll von Uwe Gattermann und Conny Krömer gepflegt. Das Essen ist wirklich zu empfehlen. Die Kräuter der Küche kommen aus dem eigenen Garten. Doch heute werde ich nicht zum Essen kommen, sondern eine Verabredung haben, die mich neugierig macht.

19.10 Uhr

»Hallo Conny. Conny, ich werde gleich Besuch bekommen. Ich kenne ihn nicht, wenn es möglich ist, ihn mit dem Handy aufzunehmen, dann mach das bitte. Ich erkläre dir später den Grund dafür.« Ich setze mich an den zugewiesenen Tisch. Kurze Zeit später kommt ein Mann im Alter von circa vierzig Jahren in die Gaststube. Er ist hager, hat sehr kurze Haare, graue Augen und macht irgendwie einen seltsamen Eindruck. Er stellt sich nicht vor. Er setzt sich und fragt nur: »Frau Albrecht?«

Ich nicke. »Wollen Sie was essen?«, frage ich ihn.

»Nein, ich bin nicht zum Essen hier. Außerdem bin ich Vegetarier«, antwortet er.

»Wen interessiert das«, denke ich und frage: »Möchten Sie was trinken? Bier, Wein oder was Alkoholfreies?«

»Wasser bitte«, kommt knapp die Antwort.

»Conny, bringst du uns bitte zwei Wasser und einen Espresso!«

»Zwei Espressi«, sagt er!

Ich warte, in der Hoffnung, ihn besser beobachten zu können.

»Frau Albrecht«, beginnt er unser Gespräch, »ich bin freier Journalist und habe heute einige Leute zu Ihrem »Kopf« befragt. Eine Frau hat mir erzählt, dass es ein Spaß sein sollte. Vielleicht auch ein kleiner Denkzettel, der Ihnen gelten soll. Der ehemalige Besitzer des Kopfes war schon tot. Er ist am Freitag in Welbsleben beerdigt worden.«

Während Conny unsere Bestellung bringt, hörte er auf zu erzählen. Ich bin von der Information noch völlig überrascht. Nachdem Conny sich von unserem Tisch entfernt hat, frage ich, wer seine Informantin ist. Brüskiert antwortet er: »Irgendwas müssen Sie schon selber rauskriegen«. Er trank hastig sein Wasser, der Espresso blieb unberührt. Er sah mir direkt in die Augen und stand ohne sich zu verabschieden auf und ging. Ich wollte mir meinen Espresso schmecken lassen, doch ich war zu abgelenkt und in Gedanken. Wer will mir einen Denkzettel verpassen und warum? Dass der Tote vom Friedhof sein könnte, war eine Möglichkeit. Ich muss Mathias anrufen. Er soll zum Friedhof gehen und sich umschauen, vielleicht bekommt er mehr Informationen.

»Conny, ich zahle! Hast du ihn fotografieren können?«

»Nein, Indira, er hat mir immer den Rücken zugewandt.«

»Schade.«

»Glaubst du, er hat was mit dem Toten zu tun«, fragt Conny.

»Nein, ich glaube nicht«, sage ich. »Tschüss Conny.«

»Tschüss.«

4. September

»Indira, du wirst nicht glauben, was ich heute erfahren habe«, spricht Mathias. »Du musst ja einigen Leuten ganz schön auf die Füße getreten sein.«

Ich sah ihn unwissend und erstaunt an.

»Zuerst war ich auf dem Friedhof. Dort habe ich nach einem Grab gesucht, das noch sehr neu war. Wir haben das Grab wieder geöffnet und im Sarg nachgesehen. Tatsächlich fehlte hier der Kopf. Ich habe die Angehörigen benachrichtigt, sie werden zur Identifizierung heute noch herkommen. Als ich den Friedhof genauer inspizierte, kam mir eine Frau mittleren Alters etwas verdächtig vor. Ich fragte sie, ob ich ihr behilflich sein kann. Erst verneinte sie, dann kam sie auf mich zu und wollte Informationen zu dem gerade geöffneten Grab. Da mir das merkwürdig erschien, begann ich mit dem Fragespiel. Sie druckste rum und ich bestellte sie zur Anhörung zum Polizeirevier. Dann sprudelte es förmlich aus ihr heraus. Schuldbewusst erzählte sie, dass das alles mit dem Klassentreffen zu tun hat. Ihr ward wohl gemeinsam in einer Klasse.«

Ich nickte.

»Nachdem du gegangen warst, hatten sie, drei an der Zahl, vor, dich bei deinen Kollegen bloßzustellen. Deshalb kamen sie auf die Idee, eine Leiche zu suchen, die gerade beerdigt worden war. Man müsse sie verstehen, sie hatten alle zu viel getrunken und es sollte ja auch nur ein Spaß sein. Aber sie wussten nicht, dass er den Kopf abschneiden würde und ihn dann so auf der Burg platzieren würde. Damit hätten sie nichts zu tun. Ich habe sie für zehn Uhr herbestellt.«

»Danke Mathias.«

Ich wollte allein sein. Es ist nicht einfach zu verstehen, was Menschen bewegt, so etwas zu tun. Ist es Neid? Was kann ein eben Verstorbener dafür? Es ist ekelig, sich für seine Taten einen Unschuldigen zu suchen, und es zeigt, welch wahren Charakter sie besitzen. Ich gehe zu Mathias und berichte genauer vom Klassentreffen. Gemeinsam gehen wir in die Pathologie. Der Verstorbene hat kaum Verwandte. Eine Nichte identifiziert ihn. Sie wundert sich nur, dass er eine komische Frisur hat. Sie hat ihn nie mit kreisrundem Haarausfall gesehen. Sie fragt, ob der Tote rasiert oder geschoren wurde. Wir sagen ihr, dass wir das nicht wissen, und versprechen ihr, den Toten wieder ordnungsgemäß zu beerdigen, sobald die Untersuchung abgeschlossen ist.

10.00 Uhr

Als ich ins Verhörzimmer komme, bin ich nicht auf das vorbereitet, was ich sehe. Nie hätte ich gedacht, dass Brigitte hier sitzt. Ich kann mich nicht erinnern, ihr etwas angetan zu haben, was die ganze Sache rechtfertigt. Ich setze mich. Brigitte wird unruhig. Ich beobachte sie und sage nichts, ich warte. Dann fängt sie an, nervös entschuldigt sie sich.

»Das wollten wir nicht, es war doch nur ein Spaß.«

Ich atme tief ein und aus, und ganz ruhig sage ich:

»Es ist Leichenschändung und Störung der Totenruhe. Und wer ist mit wir gemeint? Ich will die Wahrheit. Erzähle mir haarklein, wie sich alles zugetragen hat.«

Sie stottert und beginnt zu weinen. Ich gebe ihr einen Kaffee und warte, bis sie sich beruhigt hat. Sie räuspert sich.

»Die meisten des Klassentreffens waren schon gegangen, nur noch Marko, Ria und ich waren da. Karin hatte ich meinen Hausschlüssel gegeben, denn sie war müde. Wir drei bestellten uns noch was zum Trinken und dann hatte Marko diesen Plan. Erst war ich nicht dafür, aber Marko sagte, er kümmere sich um die Leiche. Wir wollten uns in einer Stunde am Friedhof treffen. Ria holte ihr Auto und wir fuhren zu dritt zum Friedhof. Mir war nicht bekannt, woher Marko von dem Toten wusste. Ria und ich warteten am Friedhofstor und Marko ging hinein und kam vielleicht dreißig Minuten später wieder. Er hatte einen großen Beutel. Wir wunderten uns, dass die Leiche so klein war, und dann zeigte er uns, dass er nur den Kopf mitgenommen hatte. Er sagte, er sei besser so zu transportieren. Wir fuhren dann nach Harkerode zur Burg hinauf und Marko brachte den Kopf in die erste Etage. Das war alles, glaube mir. Wir wollten sehen, was die Presse schreibt. Aber in der Zeitung sah der Kopf irgendwie anders aus.«

»Wie anders?«

»Na ja, so rasiert.«

»Willst du sagen, ihr habt ihn nicht rasiert?«

»Ja, nein, wir haben ihn nicht rasiert. Es war schon gruselig genug.«

»Das hättet ihr euch vorher überlegen sollen. Hast du die Adresse von Marko?«

»Ja.«

»Ihr werdet mit einer Anzeige rechnen müssen, das ist dir doch klar?«

Sie nickte kleinlaut. Mathias rief Marko an und bestellte ihn ins Revier. Ich bestellte Ria ein. Ria erzählte das Gleiche wie Brigitte. Ria muss auch noch mit einer Anzeige wegen Trunkenheit am Steuer rechnen. Was Marko erzählte, deckte sich mit den Aussagen von Brigitte und Ria. Ich fragte Marko.

»Hast du einen Zettel in den Mund des Toten gesteckt?«

»Von einem Zettel weiß ich nichts, ich habe nur den Kopf in der Burg abgelegt.«

»Hattest du das Gefühl, dass ihr beobachtet wurdet?«

Marko schüttelte den Kopf.

»Nein, wir wollten dann alle nur noch weg, denn jetzt hatten wir doch Schiss.«

Meinem Kopf schien das alles viel zu viel zu sein. Ich brauchte frische Luft.

Zu Mathias sagte ich:

»Ich werde nach Hause fahren und den Weg zur Burg noch einmal gehen. Irgendwas stimmt hier nicht.«

Auf dem Weg zur Burg dachte ich über das Gesagte von Marko nach. Wer hat dann den Kopf rasiert? Was bedeutet der Zettel? Gerade als ich in der Burg bin, um die erste Etage noch mal zu besichtigen, klingelt das Telefon. Mathias ist am Telefon und spricht:

»Wir haben wieder einen grausigen Fund. Du bist ja schon in Harkerode. Komm zur Kirche!«

Auf dem Weg zur Kirche mache ich mir bewusst, was ich über sie weiß. Sie wurde am 8. Juli 1832 eingeweiht. Ihr wurde der

Name des Evangelisten Johannes gegeben. Es handelt sich um eine Schinkelkirche. Anfang des 19. Jahrhundert wurde Enelore von Hühnerbein in der alten Kirche St. Nicolai mit dem Herrn von Knobelsdorf aus Berlin getraut. Inwieweit der Herr von Knobelsdorf mit dem berühmtem Baumeister Schinkel zu tun hatte, ist nicht bewiesen. Das Innere ist geprägt vom Klassizismus und von der Antike. Das herrliche Kirchenfenster hat die Familie Mertens gestiftet. Auf der Empore wurde Anfang des 20. Jahrhunderts eine Rühlmann-Orgel eingebaut. Wenn man die kleine, stille Kirche hinter den Gärten betrachtet, dann überrascht zunächst das kunstvolle Portal, das von einer Halbrosette abgeschlossen wird. Die Bogenfenster aus den Tagen des Klassizismus lockern mit ihrer harmonischen Linienführung die Seitenfront des Kirchenschiffes auf. Eckpfeiler mit der Attika über dem Gesims, Portikus und griechische Säulen und ernstes Streben nach Klarheit und Einfachheit weisen auf die Antike hin, die hier als Vorbild gedient hat. Am 8. Juli 1832 wurde die Kirche in Anwesenheit des Barons von Hühnerbein, der wohl als weltbereister und welterfahrender Mann die Schinkelpläne zum Bau besorgte, eingeweiht. Sie ist der einzige Schinkel-Bau im ganzen Harzvorlande und reiht sich in seiner Bedeutung würdig der alten Burg Arnstein auf dem Berge an.

Schon von Weitem sehe ich, dass sich wieder ein Menschenauflauf angesammelt hat. Die Polizei ließ großräumig absperren. Mathias führt mich ins Innere der Kirche zum Altar. Hier liegt ein Mann in Mönchskutte und zeigt mit dem Finger auf das Kirchenfenster.

Wieder so ein Zettel!

Frau Dr. Rohrschneider sagt, dass er mit einem spitzen Gegenstand von vorn erstochen wurde. In seiner Kutte hat sie wieder einen merkwürdigen Papierfetzen gefunden. Der Zettel zeigt einen Ausschnitt aus einem Bild. Die Schrift am unteren Rand ist schwer zu entziffern, sie ist unleserlich und dazu in Latein verfasst. Rechts unten sind die Buchstaben … ENBERGIUS zu lesen. Beim niederknien fällt auf, dass das Opfer unschön riecht. Er ist unsauber und stinkt regelrecht nach Alkohol.

»Liegt er schon länger hier?«, frage ich.

Mathias sagt:

»Herr Westthal hat ihn gefunden. Normalerweise geht er jeden Tag in die Kirche, um nach dem Rechten zu schauen, aber gestern fühlte er sich nicht wohl und war deshalb nicht in der Kirche. Er hat sich gewundert, dass das Eingangsportal nur angelehnt war.«

»Frag mich nicht, wann der genaue Todeszeitpunkt war, das kann ich dir morgen sagen, Indira«, antwortet Frau Dr. Rohrschneider auf meinen Blick hin.

»Leider wird es auch schon dunkel, wir müssen absperren und morgen nochmals nach den Spuren schauen. Ich werde ihn noch fotografieren und wir fragen in den umliegenden Gaststätten nach, ob ihn jemand gesehen hat.«

»Papiere habt ihr keine gefunden?«, frage ich.

»Nein, er ist unter der Kutte nackt«, antwortet Mathias.

»Am besten, wir teilen die Gaststätten untereinander auf. Nimm du Stangerode und Alterode und ich nehme Welbsleben und Harkerode. Wir sehen uns morgen und besprechen alles zur Teamsitzung.«

»Abgemacht, wenn sich was ergibt, melde ich mich, ansonsten bis morgen.«

Welbsleben hat keine gut gehenden Gaststätten mehr. Herr Ecke hat nichts bemerkt. Das Jäger-Eck macht nur noch auf, wenn eine Bestellung vorliegt, und das war in letzter Zeit nicht der Fall. Irgendwas aufgefallen ist dem Inhaber auch nicht.

Familie Riedel, »Gaststätte zur Erholung« aus Harkerode, wusste nichts und er hatte auch keine Lust zum Reden. Wer weiß, welche Laus ihm über die Leber gelaufen ist. Ich will nicht weiter in ihn eindringen. Ich werde noch in Sylda im »Gasthaus zur Sonne« nachfragen. Ich war noch nie in diesem Gasthaus und ich muss sagen, es ist gar nicht so übel. Ich frage die Inhaberin, ob bei ihnen Unbekannte zu Gast waren. Sie verneint, wir unterhalten uns noch etwas über die übliche Gerüchteküche und dann verabschiede ich mich und gehe nach Hause. Ich möchte den Abend im »Grünen Röckchen« bei Conny und Uwe ausklingen lassen, fragen will ich ja sowieso, zwecks fremder Gäste. Vielleicht hat Mario Lust mitzukommen, das wäre wirklich schön.

19.25 Uhr

»Hallo Conny! Hallo Uwe.«

»Hallo ihr beiden, schön dass ihr wieder unsere Gäste seid«, sagt Conny mit einem breiten Grinsen im Gesicht.

»Wie immer?«, fragt sie. »Ein Glas trockenen Rotwein und ein Glas Wasser dazu und für Mario ein Hefeweizen?«

Ich nicke zur Bestätigung.

Es sind noch Gäste da, so haben wir noch Gelegenheit, uns allein zu unterhalten. Mario genießt seinen ersten Schluck Hefeweizen, er ist froh, dass Uwe Hefeweizen vom Fass hat. So wie ich Wert auf meinen Wein lege, Rotwein 18–19 Grad und Weißwein 8–9 Grad und das passende Glas dazu, achtet er auf sein Bier. Es heißt nicht umsonst: »Wer nicht genießen kann, wird ungenießbar.«

Die Temperatur des Bieres und die Blume müssen bei Mario schon stimmen. In allen Ländern, die wir bisher bereist haben, das sind nicht wenige, wird das einheimische Bier probiert. Wenn das Bier nicht gut ist oder vielleicht zu überteuert, dann trinkt er mit mir Weißwein. Wobei ein Riesling ihm sehr gut mundet, dazu sage ich auch nicht Nein. Urlaub, das scheint weit weg zu sein. Unser letzter Urlaub führte uns nach Uganda/Ruanda. Ich wusste kaum etwas von diesen beiden Ländern. Der fürchterliche Völkermord zwischen Hutus und Tutsis war grauenvoll. Die Menschen sowohl in Uganda als auch Ruanda waren sehr freundlich und zuvorkommend, bei dem Leid, was sie erfahren haben, schon erstaunlich. Manchmal hatte man den Eindruck, sie finden unsere Hautfarbe krank, vor allem meine, da ich hellhäutiger bin als Mario. Es gab Menschen, die einen anfassen wollten, wahrscheinlich trauten sie der ganzen Sache nicht. Ich war überwältigt von der Schönheit dieses Landes, der Freundlichkeit der Menschen und wie Uganda dem AIDS den Kampf ansagt. Überall gab es Plakate mit der Aufforderung »Sex nur nach ABC«. A wie Abstinenz vor der Ehe, B: bleib treu in der Ehe und C für Condom, Sicherheit. Jetzt müssen nur noch alle lesen können und dann klappt das auch mit der Aufklärung. Das absolute Highlight waren die Primaten, nirgendwo sonst auf unserer schönen Erde gibt es diese Vielfalt. Durch den Krieg und die Wilderei haben die einst großen Tierbestände stark gelitten, Tansania und Kenia können sicherlich mit größeren Tierbeständen aufwarten, doch wir haben unsere Wahl nicht bereut, es war ein Traum, durch dieses Land zu reisen und Station bei den Schimpansen, Gorillas, Goldmeerkatzen, Antilopen und Nilpferden zu machen. Die Gorillas sind schon faszinierende Geschöpfe. Auf einer Lichtung trafen wir habituierte Gorillas. Ein Halbstarker hat mich sogar angebufft. Der wollte sehen, was ich mache, aber der Ranger hat mich schon zur Seite genommen. Der Silberrücken war schon ein stattlicher Bursche. Er sah durch seine imposante Erscheinung schon gefährlich aus, doch wenn man sich traute ihm in die Augen zu schauen, dann sah man so viel Menschliches, das war einfach erstaunlich.

Mittlerweile sitzen Uwe und Conny bei uns und Mario berichtet davon, wie sehr es ihn beeindruckt hat, in Kisoro Station zu machen. In Kisoro waren wir im Traveller Rest. In diesem Hotel ist Dian Fossey Gast gewesen, bevor sie zu ihren geliebten Gorillas aufbrach. Der Geist ihres Enthusiasmus ist heute noch spürbar, und wenn man auf die Virunga-Berge blickt, die vor einem liegen, ist man stark ergriffen. Conny und Uwe waren zwar noch nicht dort, sind aber begeisterte Tierliebhaber. So sitzen wir bei Wein und Bier und plaudern über die schöne Seite des Lebens.

5. September, Teamsitzung

»Guten Morgen. Was macht unsere Fallanalyse? Wir wissen zwar, wessen Kopf das war, aber was die Papierfetzen bedeuten, wissen wir immer noch nicht oder Herr Vogel?«

»Ich bin dabei, die Inschrift des zweiten zu enträtseln«, sagt er.

»Können Sie Latein?«, frage ich.

Er schüttelt den Kopf.

»Wir sollten jemanden fragen, der das Latein beherrscht. Also beginnen wir damit, unsere Fallanalyse zu vervollständigen.«

»Wann war der Todeszeitpunkt von unserem Opfer in der Kirche, Frau Dr. Rohrschneider?«

»In der Nacht vom 3. September zum 4. September circa um ein Uhr. Wie gesagt, die Mordwaffe haben wir nicht, es scheint ein sehr spitzer Gegenstand zu sein. Der Stich führte mitten ins Herz, das Opfer war gleich tot. Das Opfer hatte 2,9 Promille Alkohol im Blut. Wie du schon bemerkt hast, war er sehr ungepflegt. Unter den Fingernägeln war eine Menge Dreck, aber keine fremde DNA. Die Haut war sehr rissig, sie hat kaum Seife und Creme gesehen. Ich vermute, er stammt aus dem Milieu der Obdachlosen«, antwortet sie.

»Danke. Frau Rieger, haben Sie was von Zeugen gehört?«

»Ja, ein Zeuge hat erzählt, dass sein Hund lange gebellt hat. Das war gegen ein Uhr, aber er hat nicht nachgesehen.«

»Fußabdrücke haben wir auch etliche gefunden, sind aber noch nicht alle ausgewertet«, sagt Frau Meier.

»Mathias, hast du was Brauchbares von den Gaststätten«, frage ich.

»Nein. Keiner kann sich an einen Gast erinnern, der nicht bekannt ist.«

Ich frage: »Ist die Kirche auch der Tatort, Frau Dr. Rohrschneider?«

»Das ist nicht ganz einfach. Anfangs dachte ich Ja. Ich bin mir nicht sicher. Es gibt keine Schleifspuren. Das Blut, das in der Kirche am Eingang ist, könnte von Nasenbluten oder einer kleinen Wunde am Finger herrühren. Ich bin mir noch nicht sicher. Er hätte wissen müssen, dass der Stich genau das Herz trifft. Na ja, und da die Mordwaffe noch nicht auffindbar ist?«

»Selbstmord ist somit nicht auszuschließen«, sage ich. Sie nickt.

»Und dann ist da noch dieser Zettel, der so manche Frage aufwirft. Frau Meier, kann man was zum Eingangsportal sagen.«

»Ehrlich gesagt, sieht es so aus, als wenn Herr Westthal nicht richtig abgeschlossen hat. Er sagt zwar, dass das nicht sein kann, aber es ist nicht eingebrochen worden«, antwortet sie.

»Also haben wir es vielleicht mit einem Mord zu tun, der nur so aussehen soll wie ein Selbstmord? Kann das möglich sein? Hier verarscht uns jemand gewaltig. Frau Meier, klappern Sie die Obdachlosenheime in Aschersleben, Quedlinburg und Hettstedt ab. Wir müssen doch rauskriegen, wer das Opfer ist. Wir sollten auch der Presse ein Bild schicken, vielleicht weiß jemand Bescheid. Oder zusätzlich noch ein Bild im Wochenspiegel abdrucken lassen.«

Der Wochenspiegel wird umsonst geliefert. Wenn wir wollen, dass ein Obdachloser den Toten erkennt, ist das eher eine Chance, denke ich.

»Herr Vogel, und Sie beschäftigen sich mit den beiden Zetteln! Vielleicht kriegen Sie was raus. Also an die Arbeit oder sind noch Fragen?«

Alle schütteln den Kopf. Ich klopfe Mathias auf die Schulter und sage:

»Lass uns noch mal in die Kirche gehen.«

Er nickt und wir machen uns auf den Weg.

Wir heben das Absperrband der Polizei an und begeben uns in das Innere der Kirche. Ich bin immer wieder von dieser Kirche beeindruckt. Sie strahlt im Gegensatz zu vielen anderen Kirchen eine Helligkeit aus, die einen so gefangen nimmt, dass man tatsächlich innehält und ihre Herrlichkeit einfach nur betrachtet. Auf dem Boden weist eine Kreidezeichnung der Spurensicherung darauf hin, wo der Tote gelegen hat. Ich folge dieser Spur und sehe zwischendurch in die Sitzreihen. Plötzlich ruft Mathias. Er klingt aufgeregt. Ich gehe zu ihm und er zeigt mir, was er unter der Bibel gefunden hat. Da liegt tatsächlich ein verdammt scharfer Brieföffner, an dem auch noch Reste von Blut sichtbar sind.

»Wie kommt es, dass die Spurensicherung dort nicht nachgesehen hat?«

Mathias zuckt mit den Schultern und sagt:

»Vielleicht hat keiner die Bibel angehoben.«

»Ja, vielleicht«, sage ich. »Lass uns den Brieföffner zu Frau Dr. Rohrschneider bringen. Sie wird uns später sagen, was wir davon zu halten haben.«

Nachdem wir den Brieföffner in die Gerichtsmedizin gebracht haben begibt sich jeder an seinen Schreibtisch, um etwas über die Zettel herauszubekommen. Ich rufe Xaver, unseren Sohn an. Xaver studiert in Dortmund Lehramt Sport und Geschichte. Seit Kurzem hat er Latein. Vielleicht kann er ja die Inschrift erkennen oder kennt jemanden, der uns helfen kann.

»Hallo Xaver, ich brauche dein Wissen.«

»Ich sitze gerade am Computer und habe euren Zettelausschnitt, euer Puzzleteil, per Mail bekommen. Also Mutti, das ist super klein. Was ich herausgefunden habe, hat irgendwie mit **Himmelsbotschaft** zu tun, aber ich bin des Lateins nicht so mächtig, ich frage morgen meinen Mentor und melde mich dann. Meine Deutung ist: **Das Vertrauen wird auch im**

Himmel … oder **Das Vertrauen in himmlische Omen …**, mehr weiß ich nicht.«

»Alles klar und danke. Bis morgen dann.«

Ich gebe verschiedene Versionen in Google ein, aber ich finde nichts, was treffen könnte. Das ist verdammt verzwickt. Ich muss nachdenken. Das Beste ist, ich gehe zum Sport. Morgen wissen wir mehr.

21.30 Uhr

Myriam, die Leiterin des Sportkurses, hat uns heute ganz schön zum Schwitzen gebracht. Vielleicht hätte ich doch nicht sagen sollen, dass etwas mehr Power angebracht wäre. Aus Etwas ist gleich ein Vielfaches geworden. Vorher war es rein Bauch, Beine, Po und Arme, doch jetzt ist eindeutig mehr Kondition gefragt. Sie hat diesmal Tanzelemente eingebaut. Das ist gut für die Hüfte, deshalb sollen wir sie kreisen lassen, indem wir den Schritten des Salsa folgen. Myriam macht das super. Eine Stunde lässt sie uns nicht aus den Augen und betont, was wir zu tun haben. Manchmal ist die Musik sehr laut und ich kann dann Myriam nicht richtig verstehen. Wenn es mir dann zu viel wird, mache ich zwar brav weiter mit, doch in Wirklichkeit hänge ich in meiner eigenen Gedankenwelt. Je nachdem, über was ich gerade nachdenke, erschrecke ich mich, wenn dann eine Übung kommt, bei der man sich konzentrieren muss. Das reißt mich dann aus meiner Träumerei und ich muss mich selbst ermahnen, um wieder der Stimme Myriams zu folgen. Heute bin ich ganz schön geschlaucht, mir tun jetzt schon sämtliche Muskelgruppen weh, das kann ja morgen heiter werden. Als ich dann nach Hause komme, schaut Mario gerade Fußball. Dazu habe ich jetzt gar keine Lust, deshalb mache ich mich jetzt fertig für die Nacht. Im Bett strecke ich mich richtig, und während ich es mir auf dem Rücken bequem mache, denke ich an unseren jetzigen Fall. Wieso einen Obdachlosen töten? Was hat das für einen Sinn? Was könnte das Motiv sein? Tötet man sich selbst, wenn man gar nicht depressiv ist? Auf all diese Fragen habe ich keine Antworten und irgendwann schlafe ich tief und fest ein.

6. September

»Guten Morgen, Mathias. Eine gute Nacht gehabt?«

»Danke der Nachfrage, ich kann nicht klagen. Die Liebe ist immer noch frisch.«

»Das freut mich für dich. Hast du irgendwas über die Papierfetzen herausbekommen?«

»Nein, Indira. Ich habe gestern einfach mal ohne Strategie gesurft, habe aber nichts Gescheites an Informationen erhalten.«

»Ja, das ist verzwickt. Komm, lass uns zur Teamsitzung gehen, vielleicht weiß Frau Meier mehr«, sage ich.

»Guten Morgen. Hat jemand neue Informationen für uns. Ihr wisst, alles kann wichtig sein.«

Frau Meier sagt:

»Ich habe mich in verschiedenen Obdachlosenheimen umgehört. Genaues habe ich nicht, aber ein Bewohner des Obdachlosenheimes Quedlinburg erzählte mir, dass er mit einem Kumpel, der aussah wie unser Opfer, einen draufgemacht hat. Das Opfer soll demnach aus Aschersleben sein, meist pennt er jedoch lieber im Wald, erzählte der Typ. Sein Hund ist vor Kurzem gestorben und das hat ihn sehr getroffen. Er wollte sich keinen neuen mehr anschaffen, sondern hat ein Grab für seinen Usus, so hieß der Hund, in Stangerode am Gangloffweg angelegt.«

»Danke, sehr gute Arbeit. Dann sollten wir nachsehen, ob wir das Grab des Hundes finden. Herr Vogel, haben Sie noch etwas über den geheimnisvollen Zettel herausgefunden?«

»Nein, nichts Verwertbares.«

»Haben Sie schon neue Informationen bezüglich der Mordwaffe für uns, Frau Dr. Rohrschneider?«

»Ja. Es ist die Mordwaffe. Eindeutig und es ist auch das Blut unseres Opfers und nur seine Fingerabdrücke sind darauf zu finden.«

»Wieso legt er sie unter die Bibel. Was soll das bedeuten?«, frage ich.

Frau Dr. Rohrschneider zuckt mit den Schultern und Mathias sieht fragend in die Runde unseres Teams. Keiner kann auf diese Fragen antworten.

Frau Meier räuspert sich und sagt:

»Zu dem Grab des Hundes hätte ich noch eine Idee. Da Herr Lange heute mit seiner Hündin Laika da ist, könnten wir doch die Kutte des Opfers Laika geben, und wenn sie Witterung aufnimmt, dann finden wir bestimmt das Grab.«

»Ja, das ist eine gute Idee. Klären Sie das gemeinsam mit Herrn Lange. Mathias und ich werden schon mal zum Gangloffweg gehen und Ausschau nach dem Grab halten. Wie hieß der Hund noch mal, Frau Meier?«

»Usus.«

»Wissen Sie, wie lange er schon tot sein soll?«

»Der Zeuge sagte, seit Ende August.«

»Danke.«

»Und Indira, wer war Gangloff«, fragte Mathias mit einem Augenzwinkern, als wir die Teamsitzung beendeten.

Johann Gottfried Wilhelm Gangloff war der berühmteste Wilderer im Harz und in unserem Landkreis Mansfeld-Südharz. Er wurde am 23. Mai 1794 in Hohlstedt in der Goldenen Aue geboren. Seine Eltern waren Weber. Weber waren zu dieser Zeit bettelarm, aufgrund der industriellen Revolution wurde das Tuch im Ausland maschinell und wesentlich billiger hergestellt. Seit 1819 lebte er mit seiner Frau und seinen sechs Kindern in Sylda. Wilddieberei war zu jener Zeit die einzige Möglichkeit, an Fleisch zu kommen. Gangloff hatte beim Wildern seine eigene Strategie entwickelt. Er beobachtete die Forstbeamten sehr genau. Sein Motto lautete damals schon: »Baue Beziehungen auf, bevor du sie brauchst.«

Er hatte beste Verbindungen zu den Holzhackern, Dienstmägden, Leinewebern und Gastwirten. Seine Menschenkenntnis sowie das schnelle Erfassen von Situationen brachte ihm viel Sympathie ein. Gangloff jagte in einem großen Revier. Er wilderte in der Gegend um Querfurt und Naumburg, auf der Hainleite, der Schmücke, dem Kyffhäuser, in Herzberg am Harz, im Harz und auch im Hakel. Auf diese Weise konnte man ihm keine Wilddieberei nachweisen, so sehr man sich auch bemühte. Gangloff war ein ausgezeichneter Schütze. Dies bewies er auf Schützenfesten und den Gesellschaftsjagden. Er schoss immer nur mit der Kugel, nie mit Schrotladungen. Wenn er jagte, nutzte er die Höhlen des Unterharzes als Quartier, Versteck, Räucher- und Pökelkammer. Dank seiner ausgezeichneten Verbindungen zu Fuhrleuten konnte er unentdeckt sein Wild verkaufen. 1834 wurde der junge Revierjäger Carl Stief in den Harz versetzt. Stief hatte einen unglaublichen Hass auf Gangloff. Sein Ziel war, Gangloff auf frischer Tat zu ertappen. Stief machte auch in der Öffentlichkeit keinen Hehl aus seinem Ziel.

Am 29. September 1834 war Stief auf der Pirsch. Am Abend kehrte sein Hund allein nach Hause zurück. Die Frau alarmierte auch sofort den Vorgesetzten ihres Mannes und man begann umgehend mit einer Suchaktion. Doch erst zwei Tage später konnte die Leiche des jungen Mannes gefunden werden. Es stellte sich heraus, dass Stief erschossen wurde, und zwar mit einer Schrotladung. Die Jägerschaft wusste von dem Konflikt zwischen Gangloff und Stief. So kam das Gerücht auf, dass nur Gangloff der Mörder sein konnte. Gangloff kam in Untersuchungshaft, wurde aber mangels Beweisen wieder freigelassen. Da die Jägerschaft immer noch den Mörder Stiefs suchte, war eine erhöhte Wachsamkeit in den Wäldern gegeben. Gangloff konnte das Wildern nicht lassen und Ende des Jahres 1836 stieß er mit dem Revierjäger

Siebert aus Pansfelde zusammen. Gangloff konnte entkommen. Doch am 10. Juni 1837 wurde Gangloff vom Revierjäger Siebert in den Knigge'schen Wäldern bei Stangerode angeschossen. Er kam nach Sangerhausen in das Inquisitoriat. Im Gefängnis legte er ein umfassendes Geständnis seiner Wilderei ab. Am 9. November 1837 erlag er im Gefängnis seiner schweren Schussverletzung. Das Sterberegister von 1837 vermerkte dazu: »Am 9. November vormittags um zehn Uhr starb Johann Gottfried Wilhelm Gangloff, welcher wegen Verdachts der Tötung eines Menschen bei hiesigem Inquisitoriate in Haft und Untersuchung befindlich gewesen und hat Frau und Kinder hinterlassen. Er starb an den Folgen einer Schussverletzung. Beerdigung war gratis.«

In seinem Heimatort Sylda fand der größte Trauerzug statt, den der Harz vermutlich jemals gesehen hatte. Selbst die Jägerschaft sammelte auf einer Gemeinschaftsjagd Geld zur Errichtung eines Kreuzes. Im gleichen Jahr wurde ein Freund von Stief schwer krank. Auf dem Sterbebett gestand er, Stief erschossen zu haben. Als Grund nannte er Schulden, die er nicht zurückzahlen konnte. Zu Lebzeiten des Wilddiebes war das Thema Gangloff in der Öffentlichkeit tabu. Zu groß war der Einfluss der kleinen preußischen Landjunker und deren Angst, ihren Untertanen auch nur geringste menschliche Bedürfnisse abzutreten. Erst ab 1871, mit der Reichsgründung, wurden Lieder und Gedichte über Gangloff verfasst. In der Gemeinde Sylda wird das Andenken an den Wildschützen Gangloff heute wieder hochgehalten. Die Bürger stellten zu Ehren Gangloffs einen Stein auf dem Platz vor der Gemeindeverwaltung auf.

»Sag mal, interessiert dich das wirklich alles? Und wieso suchen wir dann in Stangerode und nicht in Sylda?«, sagt Mathias etwas genervt.

Ich habe wohl etwas zu sehr ausgeholt.

»Ja, mich interessiert das tatsächlich. Um deine Frage zu beantworten, warum Stangerode und nicht Sylda: weil Gangloff in den Wäldern der Freiherren von Knigge angeschossen und nach Sangerhausen gebracht wurde. Es gibt in Stangerode einen Wanderweg vom Reit- und Sporthotel Nordmann zur Leinemühle und auf circa halber Strecke gibt es einen Gedenkstein für Gangloff.«

»Du meinst nicht, dass wir ab diesem Hotel laufen müssen, oder?«

»Doch Mathias, wenn wir nichts finden, sollten wir Herrn Lange bitten, mit Laika vorbeizukommen. Vielleicht kann seine Hündin tatsächlich Witterung aufnehmen.«

»Aber nach unserem Trip gehst du mit mir noch ins Reithotel Nordmann auf ein Bier.«

»Gern.«

»Oh Mann, das ist aber ein Marsch bis hierher.«

»Ja du hast recht, jedoch sehr idyllisch. Oder haben dir die ungarischen Hirtenrinder und Gallowayrinder nicht gefallen?«

»Doch, sehr sogar. Das nächste Mal komme ich mit meiner Frau hierher. Wie ich dich kenne, hast du doch bestimmt auch über das Reit- und Sporthotel Nordmann etwas zu berichten.«

»Kommt drauf an, was du hören willst?«

»Lass deinen Gedanken freien Lauf, ich bin ganz Ohr.«

»Zum Anwesen des Reit-und Sporthotels gehört ein dreihundert Hektar umfassender Wildpark. Teile davon hast du gerade gesehen. Neben den Natur-Rinderrassen wie Highländer, Gallowayrind, Steppenrind und Wisent kann man auch die größte Bisonherde Deutschlands erleben. Einheimische Wildarten wie Rotwild, Damwild, Schwarzwild und Muffelwild sind ebenfalls im Wildpark zu bestaunen. Die Tiere werden artgerecht in Gehegen gehalten, man hat das Gefühl, sie sind in freier Wildbahn, so groß sind die Gehege. Ein cirka zehn Kilometer langes Wanderwegesystem lädt ein zu Wanderungen, Offroad-Safaris oder Kutschfahrten. Also wenn du die Natur magst, bist du in unserer Stadt Arnstein genau richtig.«

»Ja, ich merk schon, du liebst deine Heimat. Ist das hier die Gedenktafel für Gangloff?«

»Ja, lass uns mal den Umkreis etwas genauer betrachten. Ich bin mir nur nicht sicher, ob es uns weiterbringt. Denn was soll uns das Grab seines Hundes über die Papierfetzen aussagen.«

»Über die Schnipsel nicht, aber vielleicht über das Opfer«, sagt Mathias.

»Zurzeit müssen wir jedem Hinweis nachgehen, den wir haben.«

»Hast ja recht, Mathias.«

»Indira, ich glaube, ich habe etwas gefunden. Ich rufe die Spurensicherung an.«

»Ja, und frag mal, ob Herr Lange mit Laika kommen kann. Sicher ist sicher.«

Als die Spurensicherung und Herr Lange ankommen, geben wir noch Anweisungen und Hinweise. Dann machen wir uns auf den Rückweg. Immerhin habe ich Mathias versprochen, noch ein Bier mit ihm bei Nordmanns zu trinken. Hoffentlich ist Herr Schmidt da. Wenn er da ist, geht alles viel reibungsloser vonstatten. Ich mag seine unaufdringliche Art. Er kann einem das Gefühl vermitteln, man sei der wichtigste Mensch in diesem Augenblick. Tja und wer mag das nicht. Ob die Familie Nordmann zu würdigen weiß, was sie da für ein Schätzchen hat?

»Prost Mathias.«

»Prost Indira, ah, das tut gut. Bier müsste es in der Apotheke kostenlos geben, so gesund ist es.«

»Wie wäre es, wenn du diesen Spruch als Spruch der Woche an deine Bürotür hängst?«

»Ja, vielleicht sollte ich das tun.«

Heute trinke ich einen Rioja Gran Reserva und dazu natürlich ein Glas Wasser. Beim ersten Schluck rieche ich erst einmal am Glas, ich schließe meine Augen und überlege, was für ein Aroma ich gleich schmecken werde. Ich nehme den Duft der Kirsche und einen Hauch von Schokolade wahr und atme noch mal kräftig ein und aus. Mathias reißt mich aus meinen Gedanken.

»Was meinst du? Will uns einer bei unserem jetzigen Fall auf den Arm nehmen?«

Ich denke über seine Frage nach und weiß nicht so recht, was ich antworten soll.

»Du kennst doch den Spruch: ›Wenn dir jemand Steine in den Weg legt, dann bau dir was Schönes draus.‹ In unserem Fall sind die Steine Zettel. Was man uns damit sagen will, wissen wir noch nicht.«

Mathias nimmt einen großen Schluck Bier und stöhnt:

»Wir werden das Rätsel lösen. Zwar heute nicht, aber sicher bald. Für heute, muss ich gestehen, ist mein Kopf nur noch auf Stand-by-Modus.«

»Ja, mir geht es ähnlich. Lass uns morgen weitermachen.«

Mathias bringt mich noch nach Harkerode bis zum Buswendeplatz, den Rest laufe ich.

Nach Hause kommen, wie oft sagt man das. Für mich ist mein Zuhause eine Oase, eine Akkuladestation. Hier kann ich Kraft, Energie, Mut und Liebe tanken, alles, was der Mensch braucht, um nicht seelisch krank zu werden. Egal was das Leben noch für mich bereithält, ich hoffe, mein Zuhause nicht mehr verlassen zu müssen. Ich achte bei der Gestaltung unseres Hauses auf Harmonie. Feng-Shui hat mich bei unserer Hausgestaltung inspiriert. Feng-Shui ist die daoistische Wissenschaft vom Leben in Harmonie mit der Natur und der Umgebung. Die Atmosphäre der Umgebung beeinflusst unser Befinden. Die Feng-Shui-Praxis kann helfen, unsere Umgebung bewusster wahrzunehmen und positiv zu gestalten. Laut Feng-Shui ist alles in Bewegung, alles hat ein eigenes Energiefeld und alles steht in Verbindung zueinander. Wir sagen:

»Es ist einfacher, mit dem Strom zu schwimmen als gegen ihn.«

Es lohnt sich, auf sein Zuhause zu achten, ein schönes Zuhause wirkt befreiend. Ich schließe gerade die Tür auf und denke noch, wenn Mario Lust hat, ein Gläschen Wein mit mir zu trinken, dann sage ich nicht Nein. Als ich unseren Flur betrete, ist mir, als werde ich beobachtet. An den Schuhen sehe ich, dass Mario noch nicht da ist und doch ist irgendwas nicht in Ordnung. Mir ist nicht ganz klar, was hier passiert. Meine Sinne sind hoch sensibilisiert und ich bekomme eine unglaubliche Gänsehaut. Ich gehe die Treppe nach oben, schaue ängstlich ins Bad, ins Schlafzimmer und in das Wohnzimmer. Es ist nichts zu finden und doch ist mir mulmig zumute. Ich gehe zum Weinkühlschrank und hole eine gut temperierte Weißweinflasche heraus. Ich beruhige mich langsam wieder. Mario kommt und ich erzähle ihm von meinen Empfindungen und kann sie doch nicht erklären.

»Gott, gib mir die Kraft, länger an einem Ort zu verweilen. Die Hörer waren zu laut, ich weiß, dass das der Grund ist. Du willst, dass ich noch mehr meditiere. Du wirst zufrieden sein. Ich bin dein Auserwählter und ich werde dich nicht enttäuschen, der Weg zum Licht ist mein.«

Ich schrecke hoch, habe ich geträumt? Mein Pyjama ist völlig durchgeschwitzt. Was war das nur für ein Kauderwelsch. Wahre oder unwahre Menschen, Hörer und Auserwählte … Ich glaube, ich spinne.

»Mein Gott und Gebieter, du hast mich nicht lange genug in ihre Träume reingelassen. Wie soll sie verstehen, wozu die Welt bereit ist? Ich bin dein Auserwählter, gib mir die Kraft, damit wir sie überzeugen.«

7. September

Das Telefon klingelt.

»Indira Albrecht.«

»Ich habe wieder Informationen für Sie?«

»Wer sind Sie?«

»Ich bin der Journalist, der Ihnen schon anfangs den Tipp gegeben hat.«

»Ach ja.«

»Kommen Sie in die Hauptstraße 7!«

»Jetzt.«

»Ja, jetzt!«

»Es ist vier Uhr morgens.«

»Ja, ich muss zum Flughafen und habe nur noch wenig Zeit.«

»Ich bin schon unterwegs.«

Es ist noch stockdunkel. Ich sollte Mathias anrufen. Zum Glück habe ich eine Taschenlampe dabei. Der Weg zur Hauptstraße kommt mir heute länger vor als sonst. Vielleicht hätte ich mich nicht drauf einlassen sollen, aber was soll schon passieren. Als ich zur besagten Hausnummer komme, höre ich ein Geräusch. Ich taste mich vorsichtig in die Richtung, aus der das Geräusch zu vernehmen ist. Im Licht meiner Taschenlampe sehe ich einen Igel. Man, hast du mich erschreckt. Ich gehe in Richtung Eingangstür.

»Hallo! Ist da jemand. Hallo!«

Ich drücke die Türklinke nach unten und die Tür lässt sich öffnen. Sie ist nicht abgeschlossen, aber schwer zu öffnen. Der Lichtschalter scheint auch nicht zu gehen. Verdammt. Meine Taschenlampe zeigt mir, dass keine Lampe an der Decke ist. Es riecht muffig. Hier ist schon seit längerer Zeit nicht mehr gelüftet worden. Ich rufe wiederholt. Keine Antwort. Ich gehe weiter und komme in die Küche. Im Lichtkegel sehe ich einen Mann auf dem Fußboden vor der Spüle liegen. Als ich auf ihn zugehe, knirscht es unter meinen Füßen. Vermutlich bin ich auf eine Glasscherbe getreten. Ich knie nieder und suche am Hals nach seinem Puls, doch ich kann nichts fühlen. Sofort will ich telefonieren. Mist, kein Netz. Ich gehe nach draußen. Was ist das? Verdammte Katze, ich hätte mir fast in die

Hose gemacht. Zum Glück habe ich jetzt einen Balken, der mir anzeigt, dass ich wieder Telefonempfang habe. Harkerode ist per Handy schlechter zu erreichen als Afrika. Ich rufe die Spurensicherung und Frau Dr. Rohrschneider. Dann klingele ich noch Mathias aus dem Bett. Ich gehe noch mal ins Haus. Außer mir und dem Toten ist keiner hier. Die Spurensicherung ist im Anmarsch. Frau Dr. Rohrschneider geht auf den Toten zu. Nachdem sie ihn umgedreht hat, findet sie unter seinem Po wieder einen Zettel.

»Was meinen Sie, was die Todesursache ist?«

»Die genaue Todesursache erfahrt ihr in den Abendstunden, bis dahin müsst ihr euch gedulden. Das Opfer ist männlich, nicht alt, aber sehr dick. Auf den ersten Blick sieht es aus, als wäre er einem Herzinfarkt erlegen. Doch da müssen wir abwarten, was die Obduktion bringt.«

Ich nicke. Dass er dick ist und älter wirkt, als er wahrscheinlich ist, sehe ich auch. Dafür brauche ich keine Obduktion, denke ich, aber sage nichts. Mich macht der Zettel stutzig. Und wer ist der Journalist? Wie heißt er? Fragen über Fragen. Mathias erzähle ich, dass ich ihn ein einziges Mal gesehen habe, und zwar im »Grünen Röckchen«. Ich erzähle, dass er sagte, er wolle zum Flughafen, aber wohin, weiß ich nicht.

»Guten Morgen, ich habe hier was für euch«, sagt Herr Vogel. »Das ist die neuste Ausgabe der Tageszeitung und hier steht schon einiges über den jetzigen Fall.«

»Das kann doch nicht wahr sein«, sage ich.

»Wann ist denn Anzeigenschluss bei der Tageszeitung?«, fragt Mathias.

»Herr Vogel, bringen Sie das in Erfahrung!«

Ich frage, ob wir was von der Identität des Opfers wissen. Frau Meier gibt mir seine Brieftasche. Er ist neununddreißig Jahre alt und heißt Michael Dumas, wohnhaft in Halberstadt. EC-Karte, Führerschein, AWG-Rabattkarte und die Krankenkarte der Barmer GEK sind noch im Geldbeutel.

»Frau Meier, rufen Sie bei der Krankenkasse an und erkundigen Sie sich nach diesem Patienten!«

»Mathias, was meinst du, wollen wir nach Halberstadt fahren?«

»Welche Straße?«

Frau Meier sagt:

»Halberstadt, Mozartstraße 8.«

Da Mathias mit seinem Dienstwagen da ist, können wir gleich los. Es ist 5.15 Uhr. Ich schlage vor, noch zu frühstücken. Das freut Mathias, denn er frühstückt besonders gern bei McDonald's. Kurz vor Halberstadt gibt es nicht nur McDonald's, sondern auch McCafé. Ich muss sagen, der Kaffee ist wirklich gut. Mit einem großen Milchkaffee und einem belegten Brötchen im Magen lässt es sich besser denken. Mathias nimmt Kaffee schwarz und Rührei mit Schinkenspeck. Während wir essen, sagt er: »Wieso hast du nicht gleich angerufen? Was wäre, wenn der Journalist dich in eine Falle gelockt hätte?«

Ich zucke mit den Schultern, denn wieso ich nicht gleich angerufen habe, weiß ich selber nicht.

»Meinst du, es war wieder ein Selbstmord?«

»Ich weiß nicht. Doch die Zettel sagen uns was anderes. Nun haben wir schon drei.«

Ich nicke und sage: »Es ist jetzt 7.35 Uhr. Lass uns zu der Adresse von Michael Dumas fahren. Vielleicht finden wir Antworten.«

Als wir in die Mozartstraße fahren, sind wir überrascht. In dieser Straße stehen schöne, große Häuser. Sie müssten aus der Zeit Anfang des 20. Jahrhunderts stammen. Viele sind wunderschön restauriert, doch die Mozartstraße 8 hat ihre Restauration hoffentlich noch vor sich. An der Eingangstür finden wir vier Namensschilder. Der Name Dumas steht rechts oben. Wir klingeln und der Summer ertönt. Wir müssen ganz nach oben. Mathias klopft. Eine ältere Dame öffnet uns. Mathias zeigt ihr seinen Dienstausweis und bittet darum, dass sie uns einlässt. Unten wird gerade die Haustür geöffnet. Frau Dumas sieht uns erschrocken an.

»Frau Dumas, wir sind von der Kriminalpolizei Mansfeld-Südharz. Können wir hereinkommen?«

»Ist was mit Michael«, fragt sie.

Ich nehme Frau Dumas' Arm und sage:

»Kommen Sie, Frau Dumas. Wir sollten uns setzen. Es geht tatsächlich um Michael. Ist Michael Ihr Sohn?«

Sie nickt.

»Wissen Sie, wo er hinwollte?«, fragt Mathias.

»Wieso wollen Sie das wissen? Sagen Sie mir, wieso Sie hier sind?«

»Es tut mir leid. Ihr Sohn wurde heute Morgen in Harkerode in der Hauptstraße 8 tot aufgefunden, Frau Dumas.«

Sie zeigt kaum eine Reaktion. Ich frage, ob alles in Ordnung ist. Vorsichtshalber hole ich ihr ein Glas Wasser. Nachdem sie einen Schluck getrunken hat, fragt sie, ob er ermordet wurde, weil wir doch von der Kriminalpolizei sind.

»Wir wissen es nicht. Wissen sie, was er in Harkerode wollte?«

»Er wollte zu seinem neuen Arbeitskollegen. Michael war lange Zeit arbeitslos und jetzt sollte er einen Lkw fahren. Er sollte mit einem Herrn, warten Sie, ich habe es mir notiert, Herrn Geber, auf Tour fahren.«

»An einem Freitag, Frau Dumas?«, fragt Mathias mit hochgezogenen Augenbrauen.

»Ja, wenn Sie es so sagen, finde ich es auch komisch. Ich habe mir nichts dabei gedacht, ich war froh, dass er wieder unter Menschen ging. Sie haben ja gesehen, dass er stark beleibt war. Na ja, und gesund war er auch nicht, er musste seine Medikamente nehmen.«

Ich frage, was hat er denn für Medikamente genommen?

»Hier, er hatte sie vergessen. Ich habe ihn gestern angerufen und er hat gesagt, er besorgt sich neue in der Apotheke.«

Ich nehme ihr die Tablettenpackung aus der Hand und lese Digitalis.

»Wann ist er denn von hier weg?«

»Am Donnerstag so gegen neun Uhr.«

»Wie ist er denn nach Harkerode gekommen?«

»Er hat das Auto von meinem verstorbenen Mann, Gott hab ihn selig, genommen. Ich kann kein Auto fahren.«

»Wissen Sie, zu welchem Arzt Ihr Sohn gegangen ist?«

»Ja, zu unserem Hausarzt Dr. Kuhn, hier in der Straße.«

»Frau Dumas, würden Sie zu uns kommen, um Ihren Sohn zu identifizieren?«

»Ja.«

»Haben Sie eine Freundin oder andere Verwandte hier in Halberstadt?«, frage ich.

»Ja, meine Schwester. Wieso?«

»Sie sollten jetzt nicht allein sein, es wäre besser, wenn Sie zu jemandem gehen könnten, dem Sie vertrauen.«

»Ja, ich rufe meine Schwester an.«

»Darf ich das für Sie tun?«

»Ja, bitte. Hier ist die Nummer.«

Mathias nimmt die Telefonnummer und flüstert mir zu:

»Bleib bei ihr. Ich erledige das.«

»Frau Dumas, Ihre Schwester wird gleich da sein. Möchten Sie, dass wir gemeinsam auf Sie warten?«, fragt Mathias, nachdem er telefoniert hat.

Sie nickt. Dann steht sie auf und geht in ein anderes Zimmer. Ich gehe ihr nach und sehe, wie sie von einem Wäschetrockner Männersachen nimmt und zum Bügeltisch geht. Sie beginnt, die Sachen zu bügeln. Dann sieht sie mich an und sagt:

»Michael muss doch eine saubere Hose bei der Beerdigung tragen.«

»Ja.«

Es ist immer wieder schrecklich, Familienangehörigen die Nachricht vom Tod überbringen zu müssen. Jeder reagiert anders. Manche bekommen einen Weinkrampf, andere packen Sachen ein und wieder andere reagieren wie Frau Dumas. Es klingelt. Mathias geht zur Tür und ich höre, wie er mit einer Frau, vermutlich der Schwester, über Michael Dumas spricht. Er kommt in Begleitung ins Zimmer. Sie geht auf ihre Schwester zu und nimmt ihr das Bügeleisen aus der Hand. Wir verabschieden uns diskret und gehen.

»Die arme Frau, jetzt ist sie ganz allein. Lass uns gleich zu Dr. Kuhn gehen. Ja.«

Mathias nickt.

»Wir möchten bitte Herrn Dr. Kuhn sprechen?«

»Worum geht es denn?«, fragt die Schwester.

Ich nehme einen Zettel und schreibe ihr den Namen des Patienten und den Grund unseres Besuches auf. Gemeinsam mit dem Zettel und meinem Dienstausweis geht sie ins Sprechzimmer. Dr. Kuhn ruft uns gleich herein. Wir erklären ihm die Angelegenheit und bitten ihn, über die Krankheit von Herrn Dumas zu sprechen.

Herr Dumas litt an einer Herzinsuffizienz, erklärt er uns. Da wir wohl etwas unsicher schauen, denn immerhin war Herr Dumas noch recht jung, versucht er uns aufzuklären.

»Das Herz muss im Leben eines Menschen etwa 250 Millionen Liter Blut durch den Körper pumpen. Für diese Leistung braucht es selbst Sauerstoff und Energie. Kommt es zu Versorgungsproblemen, sterben Herzmuskelzellen an Sauerstoffmangel und der Herzmuskel wird geschwächt. Wenn das Herz nicht genügend Sauerstoff und Blut zu den Organen transportieren kann, dann kommt es zu Symptomen wie Luftnot und schnelle Ermüdbarkeit. Herr Dumas hat von mir ein Herzglykosid bekommen.«

»Seine Mutter hat was von Digitalis gesagt«, spricht Mathias dazwischen.

»Ja, das ist das Gleiche. Die Schwierigkeit ist die Dosierung des Präparates. Wenn man zu viel von dem Herzglykosid nimmt, dann kann es zu Herzrhythmusstörungen kommen und die können tödlich verlaufen.«

Dr. Kuhn steht auf und signalisiert uns, dass das Gespräch beendet ist. Wir danken und verabschieden uns. Auf dem Rückweg zur Dienststelle schwiegen wir. Jeder hing seinen Gedanken nach und fragte sich, was hier eigentlich passiert. Was will der Täter uns sagen?

Teambesprechung

»Wir haben heute eine Menge auszuwerten. Zuerst zu unserem Obdachlosen. Wissen wir, wer er ist? Wissen wir mehr über seine Todesursache? Was hat das Grab des Hundes gebracht?«

Frau Meier berichtet: »Wir haben im Grab des Hundes die Papiere des Toten gefunden. Sein Name ist Helmut Zinke, Jahrgang 1949.«

»Das ist ja interessant«, antworte ich.

»Wenn er seine Papiere gemeinsam mit seinem Hund begraben hat, dann wollte er entweder, dass wir denken, er sei tot oder er hatte vor, sein Leben zu beenden. Wenn da der Papierfetzen nicht wäre, könnte man glauben, es war Selbstmord. Was sagen Sie, Frau Dr. Rohrschneider?«

»Tja, ich denke, es war Selbstmord. Die Frage ist, wieso hat er den Brieföffner unter die Bibel gelegt?«

»Konnte er denn nach der tödlichen Verletzung noch den Brieföffner dort hinterlegen?«, hinterfrage ich.

»Theoretisch ja. Nur irgendwie kann ich das nicht nachvollziehen.«

Mathias sagt: »Seine Hand, wo hat die gleich gelegen?«

Frau Meier erwidert: »Anfangs dachte ich, sie zeigt zum Altarfenster, doch nach den neuen Fakten könnte sie auch auf die Bibel zeigen.«

»Merkwürdig«, antwortet Mathias.

»Schauen wir uns die neuen Fakten zu unserem dritten Fall an. Michael Dumas«, sage ich.

»Frau Meier, was haben Sie erfahren?«

»Die Angestellte der Barmer GEK hat berichtet, dass Herr Dumas an einer Herzinsuffizienz leidet. Außerdem ist sein Body-Mass-Index viel zu hoch. Regelmäßig brauchte er Medikamente und war auch nicht immer verlässlich, was die Absprachen mit dem medizinischen Dienst betrifft.«

»Danke. Dass er zu fett war, dafür brauchte man keinen Body-Mass-Index, das sah man auch so. Frau Dr. Rohrschneider, was sagt die Obduktion?«

»Es war eine Überdosis an Digitoxin. Er ist an Herzrhythmusstörungen gestorben, vielleicht, hätte er überleben können, wenn gleich Hilfe da gewesen wäre, aber so.«

Mathias sagt: »Genau, was wir von Dr. Kuhn schon gehört haben. Ist nur die Frage, ob er selbst zu viel eingenommen hat oder man ihm das verabreicht hat.«

»Die Obduktion hat erbracht, dass Herr Dumas 2,4 Promille im Blut hatte. Wenn er es selber genommen hat, hat er es vielleicht unbeabsichtigt getan, denn er war nicht mehr ganz zurechnungsfähig«, sagt Frau Dr. Rohrschneider.

Frau Meier antwortet daraufhin: »Ich habe mich im Ort umgehört. Er hat am Abend zuvor mit Martin Geber einen getrunken. Gemeinsam haben sie fast zwei Flaschen Pfefferminzlikör geleert und eine Menge Bier dazu.«

»Ist ja widerlich«, kommentiert Mathias.

»Weil er nicht mehr nach Hause konnte, hat Herr Geber sein Heim angeboten, wo wir ihn ja dann gefunden haben«, fuhr Frau Meier fort.

Ich frage, ob man eine Tablettenpackung gefunden hat.

»Ja, hier ist sie.«

Sie gibt mir die Packung. Es fehlen drei Tabletten, laut Dr. Kuhn sollte er eine pro Tag einnehmen. Am Donnerstag ist er angekommen, hat vielleicht eine Tablette gleich genommen und dann irgendwie zwei, aber warum?

Mathias meint:

»Weil er voll war. Wenn ich zu bin, dann kann ich mich auch nicht mehr daran erinnern, was ich zuletzt getan habe.«

»Vielleicht«, sage ich.

»Herr Vogel, was konnten Sie in Erfahrung bringen betreffs unserer Papierfetzen?«

»Ja, der dritte Zettel. Damit vervollständigt sich das Rätsel insoweit, dass wir jetzt wissen, um wen es sich handelt. Wenn man jetzt die drei Puzzleteile zusammensetzt, erhalten wir ein Bild von einem Mönch, der CYRIACUS SPANGENBERGIUS heißt. Ich bin noch dabei zu recherchieren, wer genau das ist.«

»Das ist doch mal was. Ich habe gerade eine Mail von meinem Sohn bekommen. Ihr erinnert euch, ich sagte, dass sein Mentor die Zeilen unter dem Bild für uns übersetzt. Das ist das vollständige Bild. Ist das so korrekt, Herr Vogel?«

»Ja, genau so.«

»Dein ganzer Glaube möge festverankert im Himmelsreich sein. Denn er macht deine Hoffnungen zu einem Kahn (Schiff).«

»Das ist die Inschrift unter dem Bild ins Deutsche übersetzt. Dazu schreibt er, es geht darum vom Diesseits ins Jenseits zu gelangen. Das Schiff, das Gott ihm schickt, wird ihn ins Jenseits bringen.«

Ich frage mich, ob unser Täter ein Religionsfanatiker ist?

»Unser Täter ist wahrscheinlich zwischen vierzig und fünfzig Jahre alt, überdurchschnittlich intelligent und höchstwahrscheinlich sehr von sich überzeugt. Er liebt Rätsel.«

»Herr Vogel, haben Sie sich bei der Zeitung hinsichtlich des Anzeigenschlusses erkundigt?«

»Ja, der Anzeigenschluss ist ein Uhr.«

»Frau Dr. Rohrschneider, Sie sagen, dass der Todeszeitpunkt zwischen vierundzwanzig und ein Uhr liegt. Ist das korrekt?«

»Dazu habe ich noch nichts gesagt, Indira. Aber es stimmt, das ist so ungefähr die Todeszeit.«

»In Ordnung, haben wir es nun mit zwei Selbstmördern zu tun oder nicht?«

»Diese Frage werden wir wohl heute Abend nicht mehr beantworten, deshalb lasst uns für heute Schluss machen«, sagt Mathias.

Er hat recht. Es ist schon 19.50 Uhr und immerhin Freitag. Ich löse unsere Sitzung auf und wünsche allen ein schönes Wochenende. Auf dem Heimweg mache ich mir noch so meine Gedanken. Irgendwie kommen wir nicht richtig voran.

8. September

Wochenende. Frühmorgens aufstehen ohne Wecker, wach werden und sich doch noch einmal umdrehen können, ohne ein schlechtes Gewissen zu haben. Dann ein ausgedehntes

Frühstück mit allem, was dazugehört. Nach unserem Frühstück geht es raus in die Natur. Je nachdem wie das Wetter mitspielt eine große oder kleine Runde. Wobei die große Runde zehn bis dreizehn Kilometer beträgt und die kleine unter zehn Kilometer. Nach so viel Bewegung an der frischen Luft freut man sich auf den zweiten Teil des Tages. Ein gutes selbst gekochtes Mittagessen und dann eine gute Stunde ruhen. Vielleicht ein entspannendes Bad, ein gutes Buch oder einfach nur den Fernseher an. Obwohl ich heute schlecht abschalten kann. Dabei hilft so ein langer Spaziergang, um klare Gedanken zu fassen. Am frühen Abend machen wir uns bereit für unsere Freunde. Heute wollen wir Doppelkopf spielen. Durch das Doppelkopfspiel haben wir viel über uns gelernt. Wir sind uns in all den Jahren, die wir uns kennen, nähergekommen. Heute schätzen wir alle vier unsere wunderbare Freundschaft. Es ist nicht selbstverständlich, ein befreundetes Paar zu kennen, das zu uns beiden passt. Wenn die Chemie stimmt, ist es wichtig, die Freundschaft zu pflegen. Wie sagt man so schön: »Nimm dir Zeit für deine Freunde, sonst nimmt die Zeit dir deine Freunde.«

Carmen und Marius haben sich am 1. September 1978 kennengelernt. Beide sind auf der Erweiterten Oberschule in Aschersleben gewesen. Carmen wohnte in Aschersleben und Marius in Frohse. Marius war von Anfang an begeistert von Carmen. Nur Carmen war noch nicht offen für eine Beziehung mit Marius. Sicherlich war er damals auch nicht ihr Typ, sodass sie einen anderen kennenlernte und sich verliebte. 1982 haben beide das Abitur in Aschersleben gemacht. Carmen ging dann nach Halle an die Pädagogische Hochschule und wurde Lehrerin für Biologie und Chemie. Damals gab es noch keine Unterschiede zwischen der Ausbildung zur Sekundarschullehrerin oder der einer Gymnasiallehrerin. Die Studenten wurden Oberschullehrer, das heißt, sie konnten die Klassen fünf bis zwölf unterrichten.

Marius begann in Berlin ein Wirtschaftsstudium und schloss es als Diplom-Ökonom ab. Bei einem Klassentreffen 1995 trafen sie sich wieder und Carmen begann, sich für Marius zu interessieren. Am 2. Juni 1995, fast siebzehn Jahre nach ihrem ersten Kennenlernen, konnte Marius seine Carmen in den Armen halten und ihr seine Liebe gestehen. Ganze dreiundzwanzig Jahre nach ihrer ersten Begegnung gaben sich beide das Jawort. Was für eine Liebe, es lohnt sich eben doch, auf seine Angebetete zu warten, egal wie lange es dauert. Carmen hat ihren Namen zu Recht. Sie sieht aus wie eine Zigeunerin. Ihr Haar ist dick und schwarz glänzend. Carmen braucht kein Mascara. Ihre Augenbrauen und Wimpern sind von Natur aus schwarz, sogar ein Lidstrich ist ihr von der Natur gegeben. Kurzum: eine rassige Schönheit.

Sie selbst beschreibt sich: »Außerdem besitze ich eine Nase, die einer Knolle ähnelt, meine Hände erinnern an verkümmerte Drei-Pfund-Brote und meine Ohrläppchen sind labberig. Diese Darstellungen sollen keineswegs den Eindruck erwecken, dass ich deswegen unglücklich bin. Es ist eben die dominante Erbmasse meiner Erzeuger, die ich als Markenzeichen unserer Familie ansehe. Mein Beruf ist wohl ein wichtiger auf der Welt, leider einer mit wenig Anerkennung für die, die ihn lieben, aber ich bereue nicht, Lehrerin geworden zu sein.«

Für uns ist sie eine wichtige Freundin, die immer zu ihrem Wort steht. Marius und Mario sind sich, was ihre Interessen betrifft, auch nähergekommen. Heute sehen sie beide gern Fußball und fahren gemeinsam zu einem Fußballspiel der Dortmunder, Bremer oder Gladbacher ins Stadion. Einmal im Jahr machen wir zu viert eine Motorradfahrt. Seit fünf Jahren fahren wir an einem Wochenende in eine Stadt unserer Wahl. Anfangs hatte Marius noch keinen Motorradführerschein und ist deshalb mit dem Trike gefahren, hier reicht der Autoführerschein. Vor drei Jahren hat er den Motorradführerschein gemacht und sich ein Motorrad der Marke Honda gekauft. Na ja, und mein Mario hatte bis dato immer eine Chopper und es reizte ihn auch, ein Motorrad der Marke Honda zu besitzen. Jetzt ist es in die Tat umgesetzt und beide fahren eine Honda. Carmen und ich lassen den beiden das Vergnügen und genießen gemeinsam mit ihnen unsere Motorradtrips. Leider gelingt es mir nicht, den Abend wie sonst zu genießen. Immer wieder schweifen meine Gedanken ab.

Carmen fragt:

»Beschäftigt dich euer Fall so sehr oder wieso bist du heute nicht so relaxt?«

»Ich weiß auch nicht. Es ist nervend, nicht zu wissen, wie es weitergeht. Es ist alles so verwirrend. Ich sehe nicht, was das Motiv sein soll. Wir müssen was übersehen haben. Tut mir leid, dass ich euch den Abend verderbe, aber ich kann nicht anders.«

»Das muss dir nicht leid tun. Es ist deine Arbeit und somit nur natürlich, dass man sich Gedanken macht, vor allem dann, wenn keine Lösung in Sicht ist.«

»Wieso bringt jemand Menschen um, die im sozialen Gefüge weit unten stehen? Oder anders gefragt: weshalb lässt es der Täter aussehen wie Selbstmord?«

»Das kann ich dir nicht beantworten. Sich in ein krankes Hirn hineinzuversetzen, war noch nie meine Stärke.«

10. September 2012, Teamsitzung

Herr Vogel gibt uns Auskunft über das Leben von Cyriacus Spangenberg.

»Er wurde am 7. Juni 1528 als Sohn des evangelischen Predigers Johannes Spangenberg in Nordhausen geboren. Zuerst wurde er von seinem Vater unterrichtet, im Alter von vierzehn Jahren begann er ein Studium an der damals sehr geschätzten Universität Wittenberg. Im Schmalkaldischen Krieg 1546–1547 unterrichtete er als Lehrer in Eisleben. Nachdem er nach Wittenberg zurückgekehrt war, beendete er dort im Jahre 1550 sein Studium. Kurze Zeit später trat er eine Stelle als Nachfolger seines inzwischen verstorbenen Vaters als Prediger in der Andreaskirche in Eisleben an. Später wurde er Schlossprediger in Mansfeld, lehnte aber 1559 die Stelle des Generalsuperintendenten ab. Als Gegner des Phillip Melanchthon und Anhänger des Mathias Flacius lehnte er weitere Berufungsangebote der Städte Nordhausen, Magdeburg und Lübeck ab. Stattdessen ging er nach Antwerpen, wo er Flacius persönlich kennenlernte.«

»Herr Vogel, unterbrechen Sie bitte ihre Ausführungen«, sagte unser Chef. Alle drehten sich nach ihm um, denn wir haben nicht bemerkt, wie er ins Zimmer trat.

Er sagte:

»Wir hatten eben eine Sitzung und es wurde beschlossen, ihre drei Fälle als Selbstmord zu den Akten zu legen. Hiermit gibt es für Sie keinen Fall, an dem Sie weiterarbeiten sollen. Ich wünsche keine Diskussion. Mathias, Sie kümmern sich um die Brandstifter, die unsere Polizeiautos angezündet haben. Das hat jetzt Priorität. Indira, Sie kümmern sich um die Akten der nicht gelösten Fälle und erstellen Ihre Fallanalysen.«

»Aber Herr Uhlig«, schüttelte ich verständnislos den Kopf.

»Wir machen gerade Fortschritte und hoffen aufgrund der Botschaft auf den Papierfetzen, die jetzt ein Gesamtbild ergeben, mehr zu erfahren.«

»Ich habe von Frau Dr. Rohrschneider erfahren, dass es durchaus möglich ist, dass die beiden Opfer Selbstmord begangen haben. Oder besser gesagt, dass sich das zweite Opfer im Suff umgebracht hat«, antwortete Herr Uhlig.

Ich wollte gerade protestieren und sah ihn dabei direkt in die Augen, doch er sagte:

» Ich hoffe, Sie haben mich verstanden, ich wünsche keine Diskussion.«

Er drehte sich von mir weg und verließ das Zimmer. Augenblicklich herrschte Stille, bis Mathias aufstand und seine Jacke nahm und ging. Frau Meier, im Begriff, auch zu gehen, sagte noch:

»Der Chef hat das Sagen und besser, wir machen, was er sagt, sonst gibt es womöglich noch eine Abmahnung.«

Ich war wütend und stinksauer. Wieso springen sie immer gleich, wenn der Chef was sagt? Von Herrn Vogel ließ ich mir die Aufzeichnungen von Cyriacus Spangenberg geben und verschwand im Keller. Zuerst ging ich in die Pathologie. Frau Dr. Rohrschneider zuckte mit den Schultern und sagte:

»Tut mir leid, aber ich habe Herrn Uhlig nur gesagt, dass es Selbstmord sein könnte.«

Ich nicke und antworte:

»Ist schon in Ordnung, vielleicht verhält es sich ja tatsächlich so?«

»Das glaubst du doch selber nicht. Allein die sonderbaren Zettel. Meinst du nicht, dass uns da jemand was sagen will?«

»Oh doch«, sage ich.

»Nur soll das jetzt nicht mehr unser Thema sein. Ich wollte dich nur fragen, ob ich mir von deinem leckeren Tee was nehmen darf. Denn eine gute Tasse Tee hilft, mich zu beruhigen. Denn sauer bin ich schon, und da bekanntlich Wut nur Stress bringt, will ich dem mit deinem Tee entgegenwirken.«

Sie lächelt.

»Indira, für dich habe ich immer Tee. Es freut mich zu sehen, dass dir mein Tee guttut.«

Während sie mir eine große Kanne zubereitet, erzählt sie, dass Tee magische Kräfte besitzt. Teetrinken ist ein außerordentlich vielseitiger Genuss. Man kann dabei träumen, seinen Geist schärfen, sich entspannen, die Zeit vergessen und durch ihn Körper, Geist und Seele genesen lassen. Wie wahr, denke ich. Allein ihre Zeremonie, den Tee zuzubereiten, gibt einem das Gefühl von Wärme, Wohlgeruch und Wohlfühlen. Nicht umsonst suchen die Gehetzten unserer Tage immer öfter Ruhe und Besinnung bei einer Tasse Tee. Wie sagt man so schön: … abwarten und Tee trinken.

»Bitte, deine Kanne Tee.«

»Danke, das wird mir gut tun. Ich bin im hinteren Zimmer, wenn einer nach mir fragen sollte.«

Mit der großen Kanne Tee setze ich mich an meinen Schreibtisch und falte meine Ordner auseinander. Überfall 2011, Vergewaltigung 2011, Brandstiftung mit Todesfolge 2011, Entführung 2010, Selbstmord 2010 – Selbstmord! Was macht denn eine Selbstmordakte in den unaufgeklärten Fällen von 2010–2011? Meine Antennen sind aktiviert und ich vertiefe mich in die Akte »Selbstmord/Mani«. Der ermittelnde Leiter war damals Herr Huschenbett.

Im Bericht steht: »21.07.2010. Wir wurden in die Schiefergasse 11 nach Sangerhausen gerufen. Dort konnten wir das Opfer nur noch tot vom Seil schneiden. Das Opfer hat sich wahrscheinlich selbst erhängt. Seine Frau sagt aus: Er wollte nur noch kurz in die Garage. Als er dann nach einer Stunde noch nicht wieder da war, habe ich ihn aufgesucht. Er hat sich mit einem Seil erhängt.«

Das Opfer war begeisterter Segler, somit war die Schlinge, die er selbst gelegt hat, sehr wirkungsvoll. Der Tod trat augenblicklich ein. Wahrscheinlich war das Opfer depressiv. Seine Frau schilderte mehrere Situationen, die auf eine Depression schließen ließen. Merkwürdig ist nur, dass der Papierschnipsel, der bei dem Opfer gefunden wurde, nicht einzuordnen ist. Was für ein Schnipsel, frage ich mich. Dann finde ich ihn. Klein, unscheinbar, handschriftlich steht geschrieben: MANI.

In der Akte steht weiterhin: »Wir haben im Bekannten- und Freundeskreis keinen MANI ausfindig gemacht.«

Irgendwie will mir diese Akte was sagen. Ich werde Herrn Huschenbett aufsuchen. Ich rufe Mathias an und frage, ob er Herrn Huschenbett kennt. Mathias erzählt mir, dass er vor einem Jahr in Pension gegangen ist. Er glaubt, dass er damals in Aschersleben gewohnt hat. Ich gehe zu Frau Meier und frage sie nach Herrn Huschenbett. Sie schaut in ihren Computer und gibt mir die genaue Adresse.

Ich stehe gerade vor dem Haus, in dem Herr Huschenbett wohnt. Es sieht runtergekommen aus. Im Garten hat schon länger keiner mehr für Ordnung gesorgt. In der oberen Etage sind die Rollläden unten, vielleicht wohnt dort keiner mehr. Da ich keine Klingel entdecke, klopfe ich an der Haustür.

»Herr Huschenbett, ich bin Indira Albrecht von der Kriminalpolizei. Ich brauche ihre Hilfe. Können Sie mich hören?«

Ich höre ein Geräusch, ein schlurfender Gang. Die Tür wird geöffnet. Ich sehe in ein Gesicht, das müde und sehr traurig aussieht. Er wird doch nicht depressiv sein, denke ich?

»Herr Huschenbett?«

»Ja, was wollen Sie?«

»Ich möchte mit Ihnen über einen Fall, den Sie bearbeitet haben, sprechen. Kann ich hereinkommen?«

»Wenn es sein muss«, antwortet er.

»Ist Ihnen nicht gut? Soll ich Ihnen ein Glas Wasser holen.«

Er nickt. Ich gehe in die Küche, um ein Glas Wasser zu holen. Auf dem Weg zur Küche steige ich über Flaschen und jede Menge Dosen. In der Küche selbst trifft mich fast der Schlag. Das ist der reinste Saustall. Das Geschirr türmt sich bergeweise in der Spüle. Ich habe Mühe, ein sauberes Glas zu finden. Nachdem ich mehrere Schränke geöffnet habe, werde ich fündig.

»Hier, Herr Huschenbett, trinken Sie einen Schluck Wasser.«

»Danke.«

»Was ist Ihnen denn passiert? Hier sieht es aus, entschuldigen Sie, als ob eine Bombe eingeschlagen ist.«

»Meine Frau ist vor einem halben Jahr gestorben und irgendwie will ich auch nur noch sterben.«

»Das ist doch Unsinn. Ihre Frau wäre bestimmt schockiert über das, was hier vorgeht.«

»Ach, das bekommt sie ja gar nicht mehr mit.«

»Sagen Sie das nicht, Herr Huschenbett. Zwischen Himmel und Erde passieren viele Dinge, die wir uns nicht erklären können.«

Herr Huschenbett sieht mich erstaunt an und fragt mich:

»Glauben Sie, dass es ein Leben nach dem Tod gibt?«

Ich zucke mit den Schultern und sage zu ihm:

»Herr Huschenbett, ich kann es Ihnen nicht beweisen, aber ich persönlich glaube Ja.«

»Wieso glauben Sie das?«

»Ich habe mich schon vor Jahren mit diesem Thema beschäftigt. Denn wieso sollte unser Geist einfach so verschwinden? Unser Körper, das ist klar, verwest, doch in dem Moment, wo wir eine ›Grenze‹ überschreiten, verlassen wir unseren Körper, manche sagen auch unsere Hülle, und werden von Angehörigen oder uns bekannten Personen empfangen.«

»Wieso sollte das so sein? Sind Sie gottesfürchtig?«

Ich lächele und sage:

»Herr Huschenbett, das sind ja zwei Fragen auf einmal. Also, ich bin nicht gottesfürchtig. Schon gar nicht im Sinne der Kirche. Der Kirche geht es doch selten um das Wohl seiner Anhänger, sondern das ist eine Machtinstitution, denn wieso sonst brauchen sie einen Stellvertreter Gottes auf Erden, noch dazu, wenn dieser von der Schweizer Garde beschützt werden muss. Gott würde seinen wahren Stellvertreter selber beschützen. Sicherlich gab und gibt es auch in der Kirche faszinierende Persönlichkeiten, Menschen die über das gewisse Etwas verfügen und uns tatsächlich beeinflussen können. Die Geschichte hat genügend Beweise dafür, dass sich die Päpste nur so bereichert haben, denken Sie nur an die BORGIAS, MEDICIS und viele andere. Und doch, ich gestehe, dass ich glaube. Ich glaube an die Wiedergeburt.«

Herr Huschenbett hört mir aufmerksam zu und bittet mich weiterzureden. Ich sage zu ihm:

»Wir machen einen Deal. Wir schaffen erst einmal Ordnung in Ihrer Wohnung und dann bei einer Tasse Tee oder Kaffee werde ich Sie zu Ihrem damaligen Fall befragen und danach philosophieren wir über das Leben nach dem Tod. Einverstanden?«

»Ja, das ist eine gute Idee.«

Wir brauchten fast zwei Stunden, um Ordnung in dieses Chaos zu bringen. Als das Haus wieder strahlte und genügend frische Luft versprühte, sah auch Herr Huschenbett wie verwandelt aus. Vielleicht hat er wieder neuen Lebensmut geschöpft. Ich hoffe es für ihn. Wir setzen uns in die jetzt saubere Küche und freuen uns beide über das Ergebnis, was sich wirklich sehen lassen kann. Als dann noch zwei duftende Tassen Tee vor uns standen, fragte ich Herrn Huschenbett wiederholt:

»Ich brauche ihre Hilfe bei einem Fall, den Sie 2010 bearbeitet haben.«

»Von welchem Fall sprechen Sie?«

Ich zeigte ihm die mitgebrachte Akte, Selbstmord/Mani. Bedächtig öffnete er sie.

»Ja, ich erinnere mich gut daran. Der Zettel mit dem Namen MANI. Wir haben keinen gefunden, der so hieß.«

Ich frage ihn:

» Gab es noch andere Fälle, wo Sie eigenartige Zettel gefunden haben?«

»Ja, einen. Aber da es auch ein Selbstmord war, sollten wir den Fall zu den Akten legen. Das war im gleichen Jahr. Der Zettel war wirklich ulkig.«

»Was meinen Sie mit ulkig?«

»Es war ein Bild von einem Mönch, wir dachten noch, wahrscheinlich wollte er um Vergebung bitten und hatte deshalb dieses Bild dabei.«

»Haben Sie dieses Bild noch?«

»Ich glaube Ja, einen Moment bitte.«

Herr Huschenbett geht in das Zimmer nebenan. Ich fühle, dass wir jetzt bestimmt eine Lösung erhalten werden oder wenigsten etwas, mit dem ich weiter recherchieren kann. Das sind mir einfach zu viele Selbstmorde. Herr Huschenbett spricht aus dem Nachbarraum.

»Hier, ich habe es in meinen alten Papieren gefunden.«

Ich stehe auf und folge ihm in das Zimmer, in welchem er sich befindet. Im ersten Moment bin ich nicht auf das gefasst, was ich gerade erblicke. Herr Huschenbett sitzt vor einem Altar. In der Mitte des Altares befindet sich ein Kruzifix und rechts und links Gegenstände, die wahrscheinlich seine Frau betreffen. Ich sehe ein Hochzeitsbild, ein strahlendes Paar sieht in die Kamera. Sie scheinen glücklich zu sein. Daneben ein Bild von einer Taufe, vielleicht ist das sein Kind.

Ich räuspere mich und sage:

»Entschuldigung, ich warte draußen.«

»Nein, Sie müssen nicht gehen. Das sind meine Erinnerungen an meine Familie«, sagte er und zeigte auf die Fotos.

»Meine Tochter ist nur selten hier, sie wohnt in Berlin.«

In der Hand hielt er ein Bild von einem Mönch.

»Ist es das, was Sie mir zeigen wollten«, frage ich.

»Ja, hier. Ich fand es damals interessant, und da wir keine weitere Recherche zu dem Selbstmord durchführten, habe ich es mitgenommen.«

»Wieso haben Sie es mitgenommen?«

»Ich weiß es nicht mehr.«

Ich nehme es in die Hand und frage:

»Kann ich das mitnehmen?«

»Wenn es Ihnen nützt, dann bitte.«

Ich bedanke mich und stecke es zu meinen Unterlagen. Hoffentlich hat er meine Überraschung nicht bemerkt. Ich versuche gelassen zu wirken und überlege, wie ich mich verabschieden kann.

»Hat es was mit Ihrem Fall zu tun? Erinnert Sie das an etwas?«

»Nein, nein, aber um sicher zu gehen, werde ich noch mal andere Fälle miteinander vergleichen. Herr Huschenbett, es tut mir leid, aber ich müsste wieder zur Arbeit. Ist das in Ordnung für Sie?«

»Ja, ja, und danke nochmals für ihre Zeit«, sagte er lächelnd zu mir.

Ich gab ihm die Hand und lächelte zurück, vielleicht ahnt er, dass wir uns so bald nicht wiedersehen werden. Zurück in meinem Büro nehme ich mir die Unterlagen von Herrn Vogel zu Cyriacus Spangenberg noch einmal vor. In den Unterlagen steht, dass er ein eifriger Anhänger des Mathias Flacius war und somit gegen Philipp Melanchthon kämpfte. Später wurde Spangenberg des Manichäismus beschuldigt. Des was? Manichäismus, ob das was mit dem Wort »MANI« zu tun hat? Ich gehe zu Herrn Vogel. Als ich den Flur entlanggehe, sehe ich, dass es schon dunkel ist und ich ahne, dass es zu spät ist, um heute noch Informationen zu erhalten. Ich sehe auf die große Uhr im Büro von Herrn Vogel. Die Uhr erinnert mich immer an eine Bahnhofsuhr. Es ist tatsächlich schon 20.31 Uhr. Es wird Zeit, auch Feierabend zu machen. Cyriacus Spangenberg kann bis morgen warten.

Mario ist noch nicht zu Hause. Ich habe noch bis 22.10 Uhr Zeit, dann kommt er von der Arbeit. Spontan entscheide ich mich, in die Wanne zu gehen. Ich lasse Wasser in die Wanne, gebe Schaumbad und etwas Rosenöl dazu. Wo ist denn meine Entspannungs-CD? Ah, da ist sie ja. Bei Kerzenschein, wunderbaren Düften und herrlich entspannender Musik genieße ich mein Bad. Was für ein Luxus. Heute kann ich die Wanne genießen, wann ich will. Ich erinnere mich noch an die Zeit, als ich Kind war. Früher musste erst der Badeofen angeheizt werden, bevor man das Bad genießen konnte. Da wir zu Hause sechs Personen waren, reichte es nie, dass alle heißes Wasser nehmen konnten, und so musste eine volle Wanne für alle sechs reichen. Zuerst ging immer unsere Mutter in die Wanne. Wenn man der Zweite sein durfte, hatte man Glück, denn unsere Mutter hat immer sehr heiß gebadet und so war das auch für den Zweiten noch ein Vergnügen. Der Dritte musste schon Abstriche machen, aber die Folgenden sind nur noch zum Reinigen in die Wanne gegangen. Der Letzte war meist mein Bruder. Ihm hat es nie was ausgemacht, wenn das Wasser schon kalt und der Badeschaum verpufft war. Umso mehr genieße ich heute das Baden in der Wanne. Ich liebe es, mit geschlossenen Augen in der Wanne zu liegen und meiner Musik zu lauschen. Vielleicht hat es doch mit meinem Sternzeichen zu tun. Ich bin ein Wassermann. Gerade als ich die Wanne verlassen will, klingelt das Telefon. Ich habe keine Eile und lasse den Anrufbeantworter anspringen. Doch jetzt bin ich angespannt und höre aufmerksam zu.

»Frau Albrecht hier spricht Herr Huschenbett. Sie waren heute bei mir und mir ist nach Ihrem Besuch noch was eingefallen. Zu der Zeit gab es noch einen Selbstmord. Na ja, fast. Die junge Frau konnte gerettet werden. Sie hatte sich die Pulsadern aufgeschnitten. Damals hat sie sehr wirres Zeug von sich gegeben und man hat sie in die Psychiatrie eingewiesen. Da auch der behandelte Arzt vom Selbstmord sprach, wurde das Ganze ad acta gelegt. Wenn Sie die Telefonnummer wünschen, dann melden Sie sich bitte.«

Ich springe zum Telefonhörer und erwische Herrn Huschenbett tatsächlich noch.

»Herr Huschenbett, ich habe alles mitgehört, was Sie gesagt haben. Ich bin an der Telefonnummer sehr interessiert.«

»Das dachte ich mir. Sie lautet 03476…«

»Vielen Dank, Herr Huschenbett.«

»Frau Albrecht, versprechen Sie mir, wenn Sie was Interessantes erfahren, mir Bescheid zu geben. Ich werde mein Haus auch sauber halten.«

»Ja, ich verspreche es.«

Ich zucke zusammen und bin augenblicklich wach. Was war das? Mir ist, als wenn sich jemand in meine Träume schleicht und mir seine Sichtweise aufzwingen will. Cyriacus Spangenberg sprach zu mir oder jemand, der aussieht wie er, ich konnte aber nicht alles verstehen. Irgendwas von MANI. MANI ist der wahre Messias. Wenn wir nicht glauben, wird die Welt untergehen. So ein Blödsinn, denke ich. 2012, das Jahr des Weltuntergangs, ständig hört man es irgendwo. Ich glaube, mein Unterbewusstsein will mich zum Narren halten. Ich drehe mich zu Mario um. Er scheint nichts mitbekommen zu haben, seine Atmung ist ruhig und gleichmäßig. Ich kuschele mich tiefer in meine Decke und versuche wieder einzuschlafen, denn es ist erst 03.44 Uhr morgens.

»Gott, ich brauche deine Gnade. Hilf mir, ich muss in ihr Unterbewusstsein. Nur dort kann ich ihr deine Wünsche offenbaren. Ich bete zu dir, mein Herrgott. Ist sie eine Wissende, kann sie eine von uns werden? Soll ich ihr vertrauen? Was sagst du? Ich verstehe: ›Vertrauen heißt auch, sich auf Dinge einzulassen,bei denen man Zweifel hat.‹ Ja, mein Gott. Es muss doch endlich jemanden geben, der uns versteht. Die Welt bricht auseinander. Keinen interessiert es wirklich, wie es draußen zugeht. Wichtig ist nur Gewinnmaximierung, im Großen wie im Kleinen. Werte wie Gottvertrauen, Beten, bedingungslose Liebe, Fasten und Gehorchen verblassen immer mehr. Gott, wir müssen wieder mehr werden. Unsere Anhänger schrumpfen, aber ich werde dir gehorchen und ich werde dir neue Jünger bringen.«

11. September

»Guten Morgen, Herr Vogel.«

»Guten Morgen, wenn Sie mich so ansehen, dann wollen Sie doch was von mir. Was ist es denn?«

»Ihnen bleibt auch kein Geheimnis verborgen.«

Er zieht seine beiden Augenbrauen nach oben und wartet.

»Herr Vogel, ich brauche tatsächlich Ihre Hilfe.«

»Hab ich mir doch gedacht.«

»Könnten Sie bitte alles über, Moment, wo habe ich es, ach ja, Manichäismus herausfinden. Bitte.«

»Eigentlich habe ich gar keine Zeit, aber da Sie mich so nett bitten, werde ich mich drum kümmern.«

»Super, und wenn Sie fertig sind, könnten Sie es mir in mein Büro bringen? Bitte.«

Während ich schon dabei bin, sein Büro zu verlassen, sehe ich noch aus dem Augenwinkel, wie er nur den Kopf schüttelt. Ja, ja, der Herr Vogel. Gut, dass es solche Menschen wie ihn gibt. Mein nächster Weg führt mich in das Büro von Mathias. Hoffentlich hat er Zeit. Ich will ihm von Herrn Huschenbett berichten. Es interessiert mich, wie er das Ganze sieht. Als ich in das Büro komme, muss ich feststellen, dass keiner da ist. Die Sekretärin erzählt mir, dass sie einer Spur wegen der Brandstiftung nachgehen. Sie weiß nicht, wann Mathias wiederkommen wird.

Ich sage:

»Ich werde eine Nachricht auf seinem Schreibtisch hinterlassen.«

Auf dem Schreibtisch finde ich Unterlagen über Cyriacus Spangenberg. Ich schmunzele in mich hinein und denke, na Mathias, lass das mal nicht deinen Chef sehen. Es gibt gar keinen Fall. Dann finde ich einen Stift und schreibe auf das Blatt mit den Notizen über Spangenberg:

»Muss Dich bald sprechen, bitte melde Dich!«

Zurück in meinem Büro rufe ich die Nummer an, die mir Herr Huschenbett gegeben hat. Es ist besetzt, also den Anschluss gibt es tatsächlich, ich probiere es erneut und erhalte ein Freizeichen.

»Pösel.«

»Ja, Frau Pösel. Mein Name ist Indira Albrecht. Ich arbeite für die Kriminalpolizei Mansfeld-Südharz. Es geht um Ungereimtheiten bei einer Akte. In der Akte habe ich einen Namen gelesen, Beate Pösel. Spreche ich mit Beate Pösel?«

»Nein, ich bin die Mutter. Beate ist in der Psychiatrie Hettstedt.«

»Dann würde ich gern mit Ihnen sprechen. Kann ich gleich kommen?«

»Gut, dann kommen Sie. Kommen Sie zum Hintereingang. Ich erwarte Sie.«

Ich bin erleichtert und froh, dass es gleich möglich ist. Auf dem Weg nach draußen schaue ich noch bei Frau Zörner, unserer Sekretärin vorbei.

»Hallo Frau Zörner, können Sie mir eine Adresse zu der Telefonnummer 03476... geben?«

»Ja, natürlich, Frau Albrecht«, antwortet sie lächelnd.

Frau Zörner hat fast immer gute Laune, wirklich beneidenswert.

»Hier, bitte.«

Ich schaue auf den Zettel, den Sie vor mich gelegt hat, und lese laut:

»Pösel, Hettstedt, Wiederstedter Straße 13.«

»Danke, Frau Zörner.«

Hier muss es sein. Kein Wunder, dass ich den Hintereingang nehmen soll. Der Vordereingang ist auch nicht mehr benutzbar. Vielleicht sollte hier eine neue Treppe herkommen, aber aus irgendwelchen Gründen klafft hier nur ein großes Nichts. Der Hintereingang ist zugleich der Eingang eines alten Hauses. In dem Haus scheint keiner mehr zu wohnen, denn es ist heute warmes und herrliches Altweiberwetter und doch sind alle Rollläden unten. Ich gehe durch eine kleine Pforte und sehe, wie eine kleine, dicke Frau auf mich zukommt. Sie schlurft wie eine ältere Frau und geht wie von Schwermut gebeugt. Beim Näherkommen sehe ich, dass sie noch nicht so alt sein kann, vielleicht Anfang fünfzig bis Mitte fünfzig, denn ihr rundes Gesicht ist ziemlich faltenlos.

»Guten Tag, Frau Pösel.«

Ich zeige mit der offenen Hand zum alten Haus und frage:

»Hier wohnt wohl keiner mehr?«

»Nein, hier haben meine Eltern gewohnt. Sie sind vor drei Jahren gestorben«, spricht sie sehr leise.

Wir gehen in ihr Haus. Hier würde ich mich nicht wohlfühlen. Es ist alles so bedrückend. Die Wände sind dunkel gerollt und die Zimmer sind mit alten Möbeln zugestellt. Vielleicht konnte sie sich nicht von den Sachen ihrer Eltern trennen. Sie bietet mir Platz in einem alten Ohrensessel an.

»Ich habe gerade Kaffee gekocht. Möchten Sie auch eine Tasse?«

Ich antworte schnell:

»Ja, wenn es Ihnen nichts ausmacht.«

Ich setze mich in den Sessel und versinke. Die Federn sind wahrscheinlich auch schon älteren Baujahrs. Als ich auf die Armlehne klopfe, entweicht Staub aus längst vergangenen Zeiten. Worauf habe ich mich hier nur eingelassen? Wenn man hier lebt, bekommt man von der schönen Welt da draußen gar nichts mit, ich bin immer wieder erschrocken darüber, wie manche Menschen leben.

»Hier, Ihr Kaffee. Sie wollten mit mir über Beate sprechen?«

»Ja. Leben Sie hier allein, Frau Pösel?«

»Nein. Beate und ich wohnen hier. Vor zwei Jahren ist mein Mann verstorben und seitdem wohnen wir beide hier.«

»Frau Pösel, Ihre Tochter hat versucht, sich die Pulsadern aufzuschneiden. Wie ich erfahren habe, leidet sie seitdem an Angstzuständen. Haben Sie eine Erklärung, wieso?«

Frau Pösel lässt sich Zeit mit dem Antworten, doch dann spricht sie klar und deutlich.

»Es ist gut, dass Sie fragen. Damals habe ich es nicht gewusst. Sie war schon immer ein wenig ängstlich und hat nur ihrem Vater vertraut. Doch mit der Pubertät hat sich alles geändert. Damals dachte ich noch, ist wohl typisch für junge Mädchen in ihrem Alter. Als Beate sich das Leben nehmen wollte, habe ich mir große Vorwürfe gemacht. Ich dachte, es war meinetwegen, weil ich doch so wenig verstanden habe, was mit ihr ist. Sie hat ja auch nie etwas gesagt. Ihr Vater war auch keine große Stütze in dieser Zeit, aber früher haben die beiden sich so gut verstanden, ich war manchmal richtig eifersüchtig auf sie. Sicherlich, ich war schon älter, als ich Beate bekam. Ich war damals vierunddreißig Jahre. Horst, mein verstorbener Mann, war mein erster Liebhaber und wir haben, als ich schwanger wurde, auch gleich geheiratet. Beate war immer eine Einzelgängerin. Sie hat nie Mitschüler mit nach Hause gebracht. Mit zwölf Jahren ist sie dann in die Christenlehre gegangen und mit vierzehn ist sie konfirmiert worden. Sie ist sehr gläubig, obwohl keiner von uns was mit der Kirche zu tun hat. Ein halbes Jahr nach ihrem Selbstmordversuch, sie war gerade sechzehn Jahre alt, ist mein Mann schwer erkrankt. Beate wollte ihn im Krankenhaus nicht besuchen. Sie sagte, dass sei Gottes Strafe, er habe sich versündigt und müsse jetzt das Jüngste Gericht fürchten. Sie machte mir Angst. Die Ärzte sagten, dass sie von sich nur noch in der dritten Person redet. Das wäre ein Hinweis auf Verletzungen. Bis zu dem Tag, als mein Mann starb, wusste ich nicht, was damit gemeint war.«

Frau Pösel trank aus ihrer Kaffeetasse und mir war schlecht. Es kann doch nicht sein, das meine Befürchtungen stimmen, so viel Leid.

»Frau Pösel, wollen Sie mir sagen, dass sich Ihr Mann an Beate vergangen hat?«

Frau Pösel starrte an die Wand und nickte. Sie stand auf und ging zu einer Kommode. Sie öffnete sie und holte ein Buch heraus. Dann gab sie es mir und sagte:

»Lesen Sie es und Sie werden verstehen, was mit Beate passiert ist.«

Ich war fassungslos. Es war das Tagebuch von Beate Pösel. Frau Pösel erzählte, dass ihr Mann auf dem Sterbebett gebeichtet hat. Er hat Beate seit ihrem sechsten Lebensjahr missbraucht und sie glaubt, dass Beate es nicht mehr ausgehalten hat und sich deshalb umbringen wollte. Sie hat das Tagebuch in Beates Zimmer gefunden, aber sie kann und will es nicht lesen. Der Gedanke ist schon schlimm genug. Beate hat sie versprechen müssen, es nicht den Ärzten zu zeigen, aber sie kann mit der Schuld nicht allein leben, deshalb sollte ich es lesen. Ich nehme das Tagebuch und stehe ohne ein weiteres Wort auf und gehe.

Tagebuch von Beate Pösel

»Ich war sechs Jahre, als ich das erste Mal spüren durfte, etwas ganz Besonderes zu sein. Ich liebte meinen Vati. Er sagte zu mir, dass ich jetzt nicht mehr seine Kleine bin, sondern eine Frau. Vati kam zu mir ins Zimmer, um mir eine gute Nacht zu wünschen. Er setzte sich auf mein Bett. Vati kraulte mir den Rücken, es war schön, dann nahm er seine Hand und streichelte meine Beine. Zuerst die Füße, dann meine Oberschenkel und dann kitzelte er meine Muschi. Er erzählte mir, dass das der Kitzler ist, und er heißt so, weil ihn Vatis lieben und zart streicheln dürfen. Er fragte mich, ob mir das gefällt. Ich nickte.

Wenn du möchtest, komme ich jetzt jeden Abend zu dir, ich streichle dich, ich kitzle deine kleine Muschi, ich zeige dir, was Liebe ist, denn keiner liebt dich so sehr wie dein Vati. Willst du das? Ich nickte wieder.

Dann musst du mir versprechen, keinem davon zu erzählen. Die Menschen verstehen nicht, dass ein Vati seine Tochter mehr lieben kann als alles andere auf dieser Welt. Ich verspreche es und bin froh, so einen Vati zu haben. Vati kommt jeden Abend und streichelt mich. Ich freue mich immer und bin traurig, wenn Vati nicht kommen kann. Mutti fragte, warum ich fröhlich bin. Ich antworte: Weil Vati und ich ein Geheimnis haben.

Am Abend sagte Vati, ich darf auch der Mutti nichts erzählen. Oder willst du, dass ich nicht mehr in dein Bett komme, fragte Vati. Ich schüttelte den Kopf und schmiegte mich an Vati. Er sagte: Du bist jetzt sieben Jahre, heute bringe ich dir Neues über die Liebe bei.

Vati streichelte mich wieder. Es war so schön. Er sagte: Das sind deine kleinen Brüste. Jetzt sind es noch zarte Knospen, aber bald werden sie größer und dann brauche ich meine ganze Hand. Ich lächelte ihn an.

Der liebe Gott hat sie geschaffen, damit man sie streichelt und küsst. Nur Frauen haben so etwas Schönes und deine Brust

Heute fühle ich mich schlecht, am liebsten würde ich mich dafür geißeln, da ich selbst große Schuld auf mich geladen habe. Ich glaube, wenn diese Zeilen jemand liest, möchte ich nicht mehr leben.

Jetzt bin ich sechzehn Jahre und schäme mich derart darüber, dass ich mit meinem Vater Sex hatte, dass es zu peinlich ist, jemandem darüber zu berichten. Ohne zu lügen, kann er immer behaupten, dass es auf freiwilliger Basis geschah. Kein Mensch würde mir glauben. Ich ekle mich vor mir selbst. In der Christenlehre habe ich angefangen, zu Gott zu sprechen. Wem sollte ich denn sonst von mir erzählen. Der Pfarrer hat damals bei einer Jugendstunde der Konfirmation über das Thema Sex gesprochen. Er sagte es fast wie mein Vater, dass Gott es will, dass sich Frau und Mann vereinen. Ich wollte den Pfarrer fragen, ob Gott auch will, dass sich Vater und Tochter vereinen, aber ich traute mich nicht. Der Pfarrer erzählte dann von Sünde, doch ich hörte nur noch mit einem Ohr zu. Ich wusste, was zu tun ist, ich würde mein Geheimnis mit ins Grab nehmen.«

Ich war sprachlos und schockiert. Beate hatte recht, man würde ihr nicht glauben. Ob es den vielen Frauen, die schon als kleines Kind missbraucht wurden, wohl ähnlich ergeht wie ihr? Warum sonst können sich manche Frauen nie von ihren Peinigern, lösen? Vielleicht ist ihre Scham genauso groß wie die von Beate. Es schmerzt mich, zu wissen, dass sie um ihre Kindheit gebracht wurden. Ich werde Beate besuchen, um ihr wenigstens zu sagen, dass sie keine Schuld trägt und ihr Tagebuch sollten wir symbolisch gemeinsam vernichten. Hoffentlich ist sie noch zu wahrer Liebe fähig. Ich wünsche es ihr.

In der Psychiatrie ist man sehr zuvorkommend und bringt mich in das Zimmer von Beate. Beate steht am Fenster, mit dem Rücken zu mir und beobachtet die Blaumeisen. Ich gehe zu ihr und sage:

»Das sind faszinierende Geschöpfe. Sie lassen es nicht zu, dass ihre Seele missbraucht wird.«

Sie dreht sich um und starrt mich mit großen Augen an. Ich habe sie mir anders vorgestellt. Ich dachte wohl eher, dass man es einem Menschen ansieht, dass er leidgeprüft ist. Doch sie sieht aus wie ein Allerweltsmensch. Man würde sie auf der Straße wohl nicht wahrnehmen. Oder ist es das, was sie will?

»Frau Beate Pösel, ich bin Profilerin der Kriminalpolizei Mansfeld-Südharz. Ich habe aufgrund meiner Ermittlungen den Weg zu Ihrer Mutter gesucht. Sie hat mir das hier von Ihnen gegeben.«

Ich gebe ihr das Tagebuch und warte auf eine Reaktion. Es dauert lange, bis sie etwas sagt.

»Haben Sie es gelesen?«

Ich nicke.

»Dann wissen Sie, dass ich sexbesessen bin und mein Körper für niemanden mehr interessant ist.«

Ruhig sage ich zu ihr:

»Nein, das habe ich anders gelesen. Sie wurden bewusst manipuliert, so lange, bis sie glaubten, dass es ganz natürlich ist, so für ihren Vater zu empfinden.«

»Ach, ja. Wäre es Ihnen auch so ergangen?«

»Ich weiß es nicht, wahrscheinlich nicht. Sie waren das Opfer und er war ihnen überlegen. Um aus einer Opferrolle wieder herauszukommen, bedarf es einer großen Stärke.«

»Wie Sie es sagen, Stärke die mir nicht gegeben ist.«

»Da muss ich Ihnen widersprechen, Sie haben es geschafft, darüber zu berichten. Als ich Ihr Buch las, habe ich Ähnliches wie sie gefühlt und ich finde es sehr mutig, sich dem zu stellen. Oft bleibt uns nur das Schreiben, um das auszudrücken, was wir empfinden, denn wenn wir es jemandem erzählen, würden wir das Ganze noch einmal erleben und es würde uns innerlich zerreißen.«

Ich nahm ein sanftes Nicken wahr. Nach einer längeren Schweigepause fragt sie.

»Was würden Sie jetzt tun?«

Zum Glück habe ich lange über diese Frage nachgedacht und so sage ich:

»Als Erstes würde ich das Buch verbrennen. Denn was in dem Buch steht, ist die Vergangenheit, eine Vergangenheit, die mir und Ihnen nicht gefällt. Das Leben ist die Gegenwart, das Jetzt. Ich würde mich für das Leben entscheiden. Keiner weiß, was die Zukunft bereithält, ob sie gut oder schlecht wird, hängt von dem ab, wie wir die Gegenwart beeinflussen. Wir haben alle mehrere Leben in uns und eins von Ihren ist jetzt vorbei. Begraben Sie es, indem Sie sich davon verabschieden.«

Nach einer gefühlten Ewigkeit nimmt sie meine Hand und wir gehen nach draußen. Hier steht eine große Trommel mit einem Sieb. Sie sagt:

»Ich habe schon öfter Patienten gesehen, die was verbrannten. Vielleicht hat ihnen der Therapeut dazu geraten. Ich selbst konnte auf meinen Sitzungen nie zu meinen Problemen Stellung beziehen. Wir wollen es hier verbrennen.«

»Ja.«

Ich war bewusst nur Zuschauer, denn das musste sie selber erledigen. Nachdem alles verbrannt war, drehte sie sich zu mir um und nickte. Sie ging zurück in ihr Zimmer und blickte nicht noch einmal zurück.

Als ich im Büro vorbeischaue, liegt von Herrn Vogel ein Schreiben über Manichäismus auf meinem Tisch. Es gelingt mir nicht, mich zu konzentrieren. Da Mathias während meiner Abwesenheit angerufen hat, rufe ich ihn zurück.

»Mathias, schön, dass du da bist. Hast du Zeit? Ich brauche eine Pause und einen großen Milchkaffee.«

»Wenn es weiter nichts ist, dann treffen wir uns in zehn Minuten in unserem Cafe.«

»Super. Bis gleich, Mathias.«

Ich erzähle Mathias was seit meinem Besuch bei Herrn Huschenbett alles passiert ist. Er hört geduldig zu und sagt:

»Das ist eine ganze Menge Futter für kaum zwei Tage. Wie willst du jetzt im Fall Cyriacus Spangenberg vorgehen?«

»Das weiß ich auch noch nicht. Zuerst werde ich die Abhandlung über Manichäismus lesen, und wenn ich dort was finde, müssen wir noch mal mit Herrn Uhlig sprechen.«

»Ja, das werden wir tun. Ich muss jetzt zurück. Wir haben eine Spur, vielleicht wissen wir heute Abend schon, wer der Brandstifter ist.«

»Viel Glück«, rief ich Mathias noch hinterher und ich bestellte mir noch einen Cappuccino, um in Ruhe Abstand von dem zu bekommen, was ich gerade alles erfahren habe. Ich nehme mein Telefon und rufe Paul an. Paul studiert Theologie in Halle. Vielleicht kann er mir was zum Manichäismus sagen. Denn dass Manichäismus eine alte Religion ist, scheint amtlich.

»Paul. Hier ist Indira Albrecht. Ich brauche deine Hilfe. Hast du schon was von Manichäismus gehört?«

»Ehrlich gesagt nicht viel, aber heute um 18.30 Uhr läuft im Hörsaal dazu eine Vorlesung. Erst wollte ich hingehen, aber jetzt habe ich doch keine rechte Lust. Wieso ist das so wichtig für dich?«

»Ich arbeite gerade an einem Fall, bei dem das Wort Manichäismus eine Rolle spielt.«

»Kannst du denn 18.30 Uhr hier sein?«

»Ich glaube, ich werde es nicht schaffen. Ist es zu viel verlangt, wenn du die Vorlesung besuchst und wir uns 20.00 Uhr in Halle treffen können?«

»Nein, ist schon in Ordnung. Wo wollen wir uns treffen?«

»Nenne mir ein gutes Lokal, ich lade dich selbstverständlich ein.«

»Dann treffen wir uns 20.00 Uhr beim Italiener auf dem Markt.«

»In Ordnung. Bis dann und danke.«

Das Thema der Vorlesung war »Manichäismus – eine antike Religion«. Paul hatte einen guten Hunger, aber das Essen hat er sich wirklich verdient. Ich weiß jetzt, dass die Religion Manichäismus nach ihrem Stifter, dem persischen Weisen MANI, benannt wurde. MANI lebte von 216–276 n. Ch. Er bezeichnete sich selbst nach Buddha und Jesus als letzten Propheten. Wichtigster Aspekt der Lehre ist die dualistische Teilung des Universums in die Reiche des Guten und des Bösen. Der Weg zur Erlösung führt über die Erkenntnis des Lichtreiches, den die Propheten wie Buddha, Jesus und in letzter Instanz MANI vermitteln. Mit diesem Wissen vermag die menschliche Seele die Begierden zu überwinden und ins Reich Gottes emporzusteigen.

Die Manichäer teilen sich selbst in zwei Klassen, die dem Grad ihrer spirituellen Entwicklung entspricht. Die Auserwählten leben streng zölibatär und vegetarisch, sie trinken keinen Alkohol, arbeiten nicht und widmen sich ausschließlich dem Gebet. Laien erreichen diese Stufe der Vollkommenheit nicht.

Paul fragte:

»Und hilft es dir weiter?«

»Ja. Es ist noch ein bisschen konfus, aber ich verstehe, dass uns unser Täter eine Botschaft vermitteln will.«

»Wenn du wieder was wissen willst, dann ruf mich an«, sagte er gewinnend.

Unsere Jugend eben. Im Auto auf dem Rückweg denke ich über die Selbstmordakte von Herrn Huschenbett nach. Dort wurde ein Zettel mit dem Namen MANI gefunden. Schon damals wollte jemand auf sich aufmerksam machen. Nur warum? Auch die zwei Selbstmorde in Harkerode könnten ein Hinweis sein. Hier haben wir nochmals drei Papierfetzen gefunden. Die haben uns zu Spangenberg geführt. Er wiederum wurde des Manichäismus beschuldigt. Wenn ich nur wüsste, was das alles bedeuten soll? Schluss für heute, mir brummt schon der Schädel.

Als ich nach Hause komme, sehe ich, dass wir Besuch haben. Carmen und Marius sind da. Stimmt, ich habe es vergessen, wir wollten planen, welchen Weihnachtsmarkt wir dieses Jahr besuchen. Seit einigen Jahren verbringen wir ein Wochenende im Advent auf einem Weihnachtsmarkt unserer Wahl. Letztes Jahr waren wir in Marburg. Die Stadt hat mich an Lissabon erinnert, nicht wegen des Aussehens, sondern weil Marburg auch eine Oberstadt und Unterstadt besitzt. Ich kenne keine weitere Stadt in Deutschland, die so angelegt ist. Die Oberstadt ist reich an Fachwerk und netten, kleinen Gassen. Hier ist das Mittelalter noch spürbar. Heute studieren hier ungefähr 22 000 junge Menschen. Der Landgraf Philipp der Großmütige hat 1527 den Grundstein für eine weltoffene Universitätsstadt gelegt.

Emil von Behring, Nobelpreisträger für Medizin, verband geschickt die Wissenschaft mit der Wirtschaft. So konnte sich Marburg entwickeln und zu einer reichen, belebten und pulsierenden Stadt werden. Gerade in der Adventszeit ist Marburg ein Juwel. Die vielen Fachwerkhäuser im Lichterglanz lassen auch die Augen von uns Erwachsenen strahlen. Das ist das Schöne an der Vorweihnachtszeit, man glaubt wieder an Märchen und staunt über die vielen, schönen Lichter. Eine gute Erfindung in dieser dunklen Jahreszeit. Ich liebe es, wenn die Menschen ihre Fenster schmücken. Es gibt einem das Gefühl, nach Hause zu kommen, so wie jetzt, wenn gute Freunde meinen Lieblingssekt »Weißburgunder Sekt« aus dem Hause der Rotkäppchen Sektkellerei mitbringen. Dieser Sekt ist ein prickelndes, fruchtiges, trockenes Vergnügen. Nur bei dieser Sorte werden die charaktervollen, fruchtigen Weißburgunderweine mittels der klassischen Flaschengärung zur Reife gebracht. Ein Muss für einen Genießer. Nachdem wir uns alle vier für Stralsund als nächste Stadt für unseren Weihnachtsmarkt entschieden haben und uns den Sekt munden ließen, erzählte ich Carmen von meinen Gedanken bezüglich des Manichäismus. Während des Gespräches kam mir der Gedanke, dass der Journalist fragwürdig ist. Ich erinnerte mich, das er sagte, er sei Vegetarier und er trinke keinen Alkohol, genau wie die Auserwählten von MANI. Ich beschloss, morgen zu unserem Phantomzeichner zu gehen, vielleicht erhalte ich so ein Gesicht.

»Heute werde ich es schaffen. Sie wird mir zuhören und ich werde ihrem Unterbewusstsein sagen, was wir, die Anhänger von MANI, wünschen. Wir werden jetzt jeden Tag mehr und sie wird auch zu uns gehören. Nur im wahren Glauben findet sie Erlösung. Und nur im Nirwana befreien wir uns von unseren Begierden. Sie ist immer noch ein Laie, doch es liegt in ihrer Macht, sich für das Richtige zu entscheiden. Denn sie hat die Voraussetzung. Ihre Philosophie

ist menschenorientiert und nicht profitorientiert. Bei ihrem Vorgänger dachte ich das zwar auch, aber der Trottel hat viel zu schnell aufgegeben. Sie hat weitergeforscht, hat die Hinweise richtig gedeutet. Ich habe sie heute in Halle zur Vorlesung erwartet, doch sie ist nicht gekommen. Es wird einen Grund haben. Süße Träume Indira.«

Ich kann nicht einschlafen. Immer wieder schrecke ich kurz vor dem Einschlafen auf. Ich gebe mich langsam meinen Träumen hin. Für mich sind Träume sehr wichtig. Manchmal zeigen sie mir Lösungen auf. Ich habe gelesen, dass man bis zu seinem Unterbewusstsein vordringen kann. Das Unterbewusstsein speichert alles, alles, was wir je gesehen, gehört, gerochen oder anderweitig wahrgenommen haben. Es gibt Menschen, die können auf ihr Unterbewusstsein zurückgreifen und es wie ein Lexikon benutzen. Eine Google-Station im Gehirn. Da das Unterbewusstsein alles speichert, speichert es auch Dinge, die für uns nicht immer förderlich sind. Psychologen wissen, dass Phobien oft ihren Ursprung in der Vergangenheit haben, doch der Patient kann sich nicht daran erinnern. Mithilfe der Hypnose haben sie schon erstaunliche Resultate erreicht. Eine Kollegin sprach davon, dass sie Angst vor der Dunkelheit und vor geschlossenen Räumen (Klaustrophobie) hat. Ein Psychologe hat durch Hypnose herausgefunden, dass sie als Kind zur Bestrafung in eine dunkle Kammer eingeschlossen wurde und dies bei ihr die Angst hervorgerufen hat. Nachdem sie ihre Mutter befragt hatte, wurde ihr dies bestätigt. Ich bin immer wieder überrascht, zu welcher Leistung unser Gehirn fähig ist. Nachdem ich meinen Gedanken freien Lauf ließ, überkam mich doch die Müdigkeit.

Was ist das? Es sieht aus wie ein altes Gewölbe. Wie bin ich hierhergekommen? Drei Gestalten mit Mönchskutten meditieren. Ich sehe, dass auf einem großen Stein ein gewaltiges Buch liegt, vielleicht die Bibel. Einer der Mönche steht auf und blättert in diesem Buch.

Ich stehe hinter ihm und kann erkennen, dass es sich wahrscheinlich um Latein handelt. Er spricht laut und deutlich und die beiden anderen wiederholen es im Gleichklang. Ich kann es verstehen.

»Es wird Zeit, wir müssen unsere Anhängerzahl vergrößern. Das Ende der Welt steht bevor und es gibt unter uns Auserwählte und Laien. Sucht die Auserwählten!«

Ich sehe in das Gesicht einer der Mönche und erschrecke. Augenblicklich bin ich wach. Mein Atem geht schneller, ich knipse die Nachttischlampe an und schreibe auf einen Zettel:

»Journalist gesehen – Phantombild anfertigen!«

Ich bin so durcheinander, dass ich nicht mehr einschlafen kann und stehe auf. Eine Tasse Tee wird mir helfen, mich zu beruhigen, ich werde Mathias davon berichten müssen. Den Rest der Nacht verbringe ich dann doch traumlos und werde vom Klingeln des Telefons geweckt. Es ist 6.45 Uhr, ich nehme den Telefonhörer und melde mich.

»Albrecht.«

»Indira, ich bin es, Mathias. Wir müssen uns treffen. Ist 7.30 Uhr in Ordnung?«

»Ja, was ist denn los. Du klingst sehr dringend.«

»Ja, ich habe Neuigkeiten, die unsere Selbstmordserie betrifft. Bevor wir eine Teamsitzung anberaumen, wollte ich mit dir sprechen.«

»In Ordnung, ich komme.«

12. September

Bei einem großen Milchkaffee berichtet Mathias, was er herausgefunden hat. Vorsichtshalber fragte er beim LKA Magdeburg und im Kriminalamt Halle an, ob es in letzter Zeit etwas merkwürdige Selbstmorde gab.

»Du wirst es nicht glauben, Indira, gestern schickten mir das LKA Magdeburg und das Kriminalamt Halle je einen Fall, der in unser Muster passt. Halle hat sogar eine mögliche Täterbeschreibung mitgeliefert. Hier, ich habe sie mitgebracht.«

Ich bin erstaunt und überrascht. Die Phantomzeichnung zeigt einen Herrn von vielleicht Mitte der Vierziger. Sein Gesicht ist oval. Er hat starke, dunkle Augenbrauen und dichtes, gewelltes Haar. Leichten Dreitagebart und ein Grübchen auf dem Kinn. Seine Augen sind klar und wirken intelligent. Die Nase ist etwas zu groß geraten. Ich hätte sie gern im Profil gesehen.

Ich frage Mathias:

»Hast du schon einen Namen zu dem Gesicht?«

»Nein, wir sollten zuerst mit Herrn Uhlig sprechen und dann können wir hoffentlich unseren Fall wieder aufnehmen.«

»Dann los, zu Herrn Uhlig.«

Jeder stieg in sein Auto und wir fuhren in die Zentrale zum Chef. Dort erklärte Mathias Herrn Uhlig, was sich seit der Fallniederlegung Neues ergeben hat, und bat darum, den Fall wieder zu bearbeiten. Herr Uhlig hörte interessiert zu, wobei er zwischen seinen Händen einen Bleistift kreisen ließ. Nach Beendigung des Berichtes von Mathias drehte er uns mit seinem Stuhl den Rücken zu und sagte:

»So richtig scheinen Sie den Fall ja nicht zu den Akten gelegt zu haben.«

Er drehte uns wieder sein Gesicht zu und sagte ohne erkennbare Miene:

»Frau Albrecht, gestern Abend hat uns Herr Huschenbett aufgesucht. Er wollte Sie sprechen. Doch aus irgendeinem Grund waren Sie nicht in Ihrem Büro. Das nächste Mal geben Sie Frau Zörner Bescheid, damit auch wir wissen, wo Sie zu finden sind. Herr Huschenbett wirkte sehr zufrieden und fand es Schade, Sie nicht anzutreffen. Erst wollte er ja nicht mit der Sprache heraus, warum er Sie sprechen wollte. Doch mit ein bisschen gutem Zureden hat er dann doch berichtet, worum es geht.«

Er holte ein Foto aus seinem Schubfach und fragte:

»Ist das Ihr Täter?«

Mathias sah mich erstaunt an und fragte:

»Woher haben Sie dieses Foto?«

»Herr Huschenbett hat es mitgebracht. Vor einem Jahr wurden noch an jedem Tatort Fotos aufgenommen, die neugierige Passanten zeigten, aber aufgrund der Sparmaßnahmen wurde diese Vorgehensweise eingestellt.«

»Nicht jedes Sparen bringt Vorteile, wie man sieht«, sagte Mathias.

»Es sieht tatsächlich aus wie unser Phantombild«, antwortete ich.

»Gut, dann machen Sie sich an die Arbeit. Denken Sie daran, dass die Brandstiftung aufgeklärt werden muss. Gibt es da schon Fortschritte, Herr John.«

Mathias fasste sich mit seinem linken Daumen und Zeigefinger ans rechte Ohrläppchen und antwortete:

»Ja, wir haben schon jemanden im Verdacht.«

Gemeinsam verließen wir das Büro vom Chef und ich sagte zu Mathias:

»Hoffentlich hat er nicht gemerkt, dass du gelogen hast.«

»Wieso, ich habe nicht gelogen.«

Ich lächelte ihn an und zeigte ihm seine verräterische Geste: Anfassen seines Ohrläppchens mit der linken Hand.

»Körpersprache, mein Lieber, ist ein sehr interessantes Thema. Mehr als die Hälfte der direkten Kommunikation erfolgt nonverbal. Wir senden ständig Signale aus, mit unserem Gesicht, unserem Körper, unseren Kleidern. Wir fahren uns mit den Händen durchs Haar, berühren uns am Ohr, kneifen die Augen zusammen und kräuseln die Nase. Aber da erzähle ich dir ja nichts Neues.«

»Ich hätte wissen müssen, dass du darauf achtest. Du hast recht, wir sind mit der Brandstiftung in einer Sackgasse. Unsere Vernehmung führte uns nicht auf die richtige Spur. Vielleicht solltest du uns an deinem Wissen teilhaben lassen.«

»Wie meinst du das«, frage ich spitzbübisch.

»Tja, wie wäre es mit einer Schulung, Geld für externe Trainer ist ja nicht da.«

»Wenn der Chef selbst auf diese Idee kommt, vielleicht, aber es ist nicht zwingend erforderlich.«

Mathias lächelte und sagte:

»Komm, lass uns zu Herrn Vogel gehen. Wir brauchen eine Adresse zu unserem Bild.«

Herr Vogel hörte sich an, was Mathias zu sagen hatte und fing an zu recherchieren. Etwa zehn Minuten später konnte er uns einen Namen nennen.

»Euer Täter gilt als vermisst. Ich habe hier die Adresse seines Vaters, der benachrichtigt werden möchte.«

»Besser als gar nichts«, antwortet Mathias.

Ich frage:

»Wieso vermisst, was sagt denn dein Computer?«

»Er ist bei dem Schiffsunglück Anfang des Jahres in Italien an Bord gewesen. Seine Leiche wurde nie gefunden und unter den Lebenden war er auch nicht.«

»Ja, das war sehr tragisch. Am 13. Januar 2012 brach die Costa Concordia von Civitavecchia (Rom) auf, um eine Woche das Mittelmeer zu erkunden. Noch am gleichen Abend rammt es eine Felsengruppe unweit des Hafens Giglio Porto. Vermutlich gab es zweiunddreißig Tote, siebzehn Leichen wurden geborgen und fünfzehn Menschen werden immer noch vermisst. Es sind sechs Deutsche darunter. Es muss schrecklich gewesen sein. Diese Panik unter den Touristen, so wie man gelesen hat, waren es chaotische Zustände, bevor einige der Crewmitglieder endlich mit der Evakuierung begannen. Ich selbst war schon des Öfteren auf einem Kreuzfahrtschiff, doch noch nie habe ich darüber nachgedacht, dass es zu einem Unglück kommen könnte. Wie heißt unser Täter?«, frage ich schließlich.

»Friedrich Borrman«, antwortet Herr Vogel.

Mathias fragt:

»Und die Adresse des Vaters?«

»Moment, hier: Karl-Heinz Borrman, Halle, Agthe-Straße 11.«

»Rufen Sie an, dass wir unterwegs sind. Oder nein, es ist besser, wir kommen unangekündigt«, spricht Mathias und winkt mich schon herbei.

Im Auto sprechen wir darüber, wer mit der Befragung bei Herrn Borrmann beginnen soll. Wir einigen uns darauf, dass Mathias die Befragung durchführt und ich mir Notizen mache. Mit Mathias im Team zu arbeiten, ist eine Bereicherung. Es gibt nie ein Gerangel, wer was erledigt. Wir wissen beide, wo unsere Stärken, aber auch Schwächen liegen. Wenn das Thema nicht immer so traurig wäre, hätten wir bestimmt auch mehr zum Lachen. Es gibt nur eins, was an Mathias störend ist, und das ist seine Raucherei. Kaffee und Zigarettenrauch sind der übelste Geruch, den es gibt. Wenn Raucher selbst diesen Geruch wahrnehmen könnten, würden sie höchstwahrscheinlich selber nicht zur Zigarette greifen. Wieder ein Zeichen, wie genial unser Gehirn ist: Damit du weiter abhängig bleibst, wird dein Geruchssinn verändert. Phänomenal. Vielleicht raucht seine Frau selbst?

Wie gesagt, Mathias ist das zweite Mal verheiratet, er trägt seine jetzige Frau wirklich auf Händen. Beinahe hätte es mit der Hochzeit nicht geklappt, aber wenn Mathias ein Ziel hat, dann setzt er alles daran, es zu erreichen. Und was gibt es Schöneres, als um eine Liebe zu kämpfen. Seine Stieftochter hatte er von Anfang an auf seiner Seite und dann war wohl die Mutti doch schwach geworden und hat Mathias ihr Jawort gegeben. Jetzt sind es schon zwei Jahre, dass sie glücklich verheiratet sind. Ich wünsche ihm, dass es so bleibt.

»Hey, Indira. Träumst du, wir sind da.«

Wir stehen vor einem Reihenhaus.

Mathias ruft schon:

»Hier ist es, Nummer 11.«

Ich schaue mich noch etwas um und denke, ein 5er BMW, nicht schlecht.

»Was sagst du dazu?«, und zeige auf den BMW.

»Na ja, nicht übel, aber das muss ja nichts heißen.«

Ich zucke mit den Schultern. Mathias klingelt an der Haustür und kurze Zeit später öffnet uns ein seriös aussehender, älterer Herr. Wir sagen ihm, dass wir wegen seines Sohnes kommen. Zwar wissen wir, dass er seit dem Schiffsunglück vermisst wird, aber nur aufgrund von Fakten aus unseren laufenden Ermittlungen.

Herr Borrmann fragt:

»Haben Sie Zeit?«

Mathias antwortet:

»Ja.«

Und ich nicke.

»Dann werde ich eine große Kanne Kaffee kochen, denn über ein Menschenleben kann man in einer Stunde nicht alles berichten.«

Ich sehe Mathias an, dass er gerade etwas dazu sagen wollte, ich schüttele den Kopf und gebe ihm zu verstehen zu schweigen. Da Herr Borrman uns den Rücken zugekehrt hat, ist das möglich,ohne dass er etwas davon bemerkt. Ist schon komisch, dass Herr Borrmann, ohne dass wir ihn gefragt haben, über das Leben seines Sohnes reden will. Ob Herr Borrmann einsam ist?

»Danke«, sage ich.

»Wofür?«

»Für den Kaffee.«

»Nichts zu danken. Ja, wo soll ich anfangen.«

Er seufzte, stand auf und kam mit einem Fotoalbum wieder.

»Hier, sehen Sie. Die Einschulung von Friedrich. Wir nannten ihn Fritz. Er war ein sehr intelligentes Kind. Von Anfang an hatte er nur beste Noten. Fritz absolvierte sein Abitur und dann eine Bankkaufmannlehre. Ich war sauer, mit solch einem Abitur hätte er doch studieren können. Wenn schon Bankwesen, dann kann man doch Finanzwesen, oder was es da alles gibt, studieren. Nach der Banklehre hat er wenigsten noch seinen Finanzwirt gemacht. Er war bei einer großen Bank. Es ging ihm richtig gut. Ich war stolz auf ihn. Stellen Sie sich mal vor, zwei Jahre war er in Amerika. Toll, nicht.«

Ich nickte und gab Mathias zu verstehen, es auch zu tun.

Er sagte:

»Ja, toll.«

Herr Borrmann ließ sich davon nicht entmutigen und sprach weiter.

»In Amerika lernte er seine Frau kennen, sie hat sich aber in Deutschland nie wohlgefühlt. Beide hatten dann öfter Auseinandersetzungen. Zum Schluss wollte er nicht nach Amerika und sie wollte nicht in Deutschland bleiben. Seine Frau war gerade ein Jahr wieder in Amerika, da verlor unser Fritz seine Arbeit.«

Herr Borrmann bewegte seinen Kopf zur Decke und schien sich an etwas zu erinnern.

»Anfangs schien es, dass es Fritz nicht so viel ausmachte, seine Arbeit zu verlieren. Doch die Odyssee begann erst. Er hatte sechs Monate Zeit, eine neue Arbeit zu finden. An die 130 Bewerbungen hat er geschrieben. Nie hätte ich selber geglaubt, dass es so schwierig wäre, wieder eine Arbeit zu finden. Auf viele Bewerbungen hat er gar keine Antwort bekommen. Heute bewirbt man sich oft nur noch online. Wenn man jedoch kaum eine Chance zum Vorstellungsgespräch bekommt, kann man auch nicht beweisen, was in einem steckt. Er hat es nicht geschafft, in den darauf folgenden sechs Monaten Arbeit zu finden. Fritz wurde mit zweiundvierzig Jahren arbeitslos. Jede Weiterbildung hat er angenommen. Auf dem Arbeitsamt nannten sie ihn schon den arbeitswilligsten Arbeitslosen. Bei Weiterbildungen war er von den Teilnehmern schockiert. Er sprach davon, dass jemand wie ich den Raum schon nach zwei Stunden verlassen hätte. Die Teilnehmer waren desinteressiert, sie telefonierten im Unterricht oder störten durch Schwatzen. Die Dozenten konnten und wollten sich nicht durchsetzen, denn die meisten Arbeitslosen mussten diesen Kurs besuchen, um weiterhin ihr Arbeitslosengeld oder Hartz IV zu erhalten. Im Kurs war immer schlechte

Stimmung, ein Großteil der Teilnehmer hatte weder Benehmen noch den Grips, um zu verstehen, was vermittelt werden sollte. Fritz war niedergeschlagen. Das einzige Jobangebot kam über eine Personalfirma. Buchhaltung für weniger als tausend Euro im Monat. Als er mir das erzählte, war ich fassungslos. Sie kennen doch die Sprüche unserer Regierung: »Bildung lohnt sich, wir brauchen Fachkräfte.«

Wahrscheinlich nur im Handwerk, aber gerade das wurde ja in den letzten Jahren nicht gefördert. Doch dann hatte Fritz etwas Glück. Ich hatte einen guten Bekannten bei der Sparkasse und der sagte, sie brauchen jemanden als Kundenberater. Fritz nahm dieses Angebot an. Der Haken war nur, dass es ein befristeter Arbeitsvertrag von einem Jahr war. Üblicherweise, so sagte man ihm, werden solche Verträge nach einem Jahr automatisch verlängert. Fritz kniete sich förmlich in seinen Job. Er überarbeitete die Kundenkartei und informierte die Kunden über gute Geschäfte. Nach fast einem Jahr wurde ein junger Kollege auf seinem Arbeitsplatz eingearbeitet. Fritz' Vertrag lief ohne ein weiteres Wort aus und er stand wieder auf der Straße. Der junge Kollege kostet dem Unternehmen nur halb so viel wie ein älterer, erfahrener Kollege, also geht Profitmaximierung vor Menschenachtung. Ein zweites Mal die Odyssee um einen neuen Arbeitsplatz.

Herr Borrmann machte eine Pause. Mathias und ich schwiegen, was sollte man auch dazu sagen. Personaldienste, Leihfirmen und wie sie alle heißen sind wie Pilze aus dem Boden geschossen. Diese Art der Wiedereingliederung in den ersten Arbeitsmarkt war für Langzeitarbeitslose gedacht, dennoch sind es heute die, die gerade ihre Arbeit verloren haben, und ihr Know-how für viel weniger Geld anbieten müssen und nicht halb so gut abgesichert sind wie Festangestellte. Wenn sie nicht mehr gebraucht werden, dann gibt es keinen Kündigungsschutz, das war es dann. Der Betriebsrat, wenn er überhaupt was für die Arbeitnehmer erreicht, ist nur für die Festangestellten da.

Es ist schon lange notwendig, dass Leihmitarbeiter das gleiche Geld wie Festangestellte bekommen müssen. Ich nenne diese Form von Arbeit modernen Sklavenhandel. So schaffe ich kein zufriedenes Volk.

»Wissen Sie«, hörte ich Herrn Borrmann wieder sagen.

»Vielleicht kann man verstehen, wieso Menschen so frustriert und ausweglos sind. Fritz ist dann einen Weg gegangen, der für mich noch undurchsichtiger war. Ich wollte ihn unterstützen, aber er wollte kein Geld von mir. Er lernte neue Freunde kennen, ich sah ihn immer weniger. Wenn ich ihn darauf ansprach, sagte er nur: ›Das verstehst du nicht, die neuen Freunde tun mir seit Langem richtig gut. Ich werde für eine Weile weggehen. Suche nicht nach mir.‹ Das waren so ziemlich die letzten Worte, die ich von Fritz gehört habe.«

Er stand auf und ging in ein anderes Zimmer, nach kurzer Zeit brachte er einen Aufnäher oder Aufbügler mit. Ich nahm das Stück Stoff zwischen meine Finger und glaubte, das Symbol der SCIENTOLOGY zu erkennen.

»Ist es das, wofür ich es halte«, sah ich Herrn Borrmann fragend an.

»Ja, ich denke schon.«

»Scheiße, sagt mir einer von euch, wovon hier die Rede ist?«, fluchte Mathias.

Ich sagte ihm:

»Ich glaube, Herr Borrmann vermutet, dass sein Sohn Mitglied der Scientologen ist.«

Herr Borrmann nickte bedächtig.

»Wie lange ist es her, dass sie Ihren Sohn das letzte Mal gesehen haben?«

»Warten Sie, Juli 2011. Dass er auf einem Kreuzfahrtschiff war, wusste ich nicht, bis ich eine Vorladung von der Polizei erhalten habe, und die hat mich darüber in Kenntnis gesetzt. Er hat ja angekündigt, dass er fortgehen will, was sollte ich tun, er ist erwachsen.«

Ich sehe Mathias an, dass das Gespräch ihm schon zu lange gedauert hat. Manchmal ist Geduld wirklich nicht seine Stärke. Er steht auf und geht zu Herrn Borrmann und sagt:

»Das war eine sehr traurige Geschichte. Es tut mir sehr leid für Sie. Danke, dass Sie sich die Zeit genommen haben, es uns zu erzählen. Wir müssen wieder los, die Pflicht ruft. Auf Wiedersehen.«

Ich schüttelte Herrn Borrmann noch die Hand. Seine fühlte sich kalt und leblos an. Vielleicht ist das normal nach all diesen Erlebnissen. Wir gingen nach draußen und schwiegen. Eigentlich wollte ich Mathias von meinem letzten Traum erzählen, aber ich war jetzt nicht in der Lage dazu. Ich hing meinen Gedanken nach und nahm mir vor, im Büro etwas über Scientology zu erfahren. Das Symbol habe ich schon einmal gesehen. Genau, ich glaube als Tätowierung. Ein großes gelbes S verschlungen in zwei grünen Dreiecken. Die Dreiecke zeigen mit der Spitze nach unten rechts wie ein kleiner umgedrehter Tannenbaum. Wo war das bloß?

»Mathias, sagt dir das Symbol der Scientology etwas. Hast du es schon mal gesehen?«

»Nein, ich habe es noch nie gesehen. Wieso fragst du?«

»Ich weiß nicht so recht, ich habe es als Tätowierung gesehen, weiß aber nicht mehr wo.«

»Hm, bevor wir ins Büro fahren, lass uns einen guten Kaffee trinken.«

»Hat dir der Kaffee von Herrn Borrmann nicht geschmeckt?«

»Ehrlich gesagt, nein.«

Ich lächelte das erste Mal seit Stunden und das tat gut. Wir einigten uns darauf, dass er sich noch mal um die Brandstiftung kümmert und ich mich mit Scientology beschäftige. Für den Abend gegen achtzehn Uhr verabreden wir uns in meinem Büro und ich will ihn über das informieren, was ich recherchiert habe.

12. September

18.00 Uhr

»Das ›S‹ steht für ›Scientology‹, verschlungen in zwei Dreiecken, die mit der Spitze nach rechts unten zeigen. Geometrische Formen können tief in das Unbewusste vordringen und bewirken subtile Veränderungen in der Stimmung des Betrachters. Eine symmetrische Form vermittelt das Gefühl von Entspannung und innerer Ruhe. Das Dreieck mit der Spitze nach unten weist auf Gnade hin. Es verdeutlicht das weibliche Prinzip. Beide Dreiecke sind miteinander verbunden. Das obere soll Wissen, Verantwortung und Kontrolle aufzeigen und das untere Realität und Kommunikation, beide zusammen ergeben ein großes Verstehen. Wobei man auch deutlich erkennt, dass ein Entrinnen nicht möglich ist. Somit zeigt das Symbol auch die Grenzen des Einzelnen an, nur in der Gemeinschaft erlebt der Anhänger die ›Wahrheit‹. Sie selbst sagen, dass das Wort Scientology Wissen über das Wissen bedeutet. Es setzt sich aus dem Lateinischen ›scio‹, das ›Wissen‹, und dem griechischen ›logos‹, das ›innerlicher Gedanke oder Lehre‹ bedeutet, zusammen. Scientology will dem Menschen aufzeigen, dass er fähig ist, sich von Dingen wie Schwierigkeiten mit Kommunikation und zwischenmenschlichen Beziehungen, quälende Unsicherheit, Selbstzweifel und Hoffnungslosigkeit selbst zu befreien.«

Mathias schüttelt den Kopf und sagt:

»Was für eine hochtrabende Philosophie, doch leider scheint es genügend Anhänger dieser Religion oder Sekte zu geben.«

»Ja. Es werden vor allem Menschen, die in einer Lebenskrise stecken, aufgrund von Leichtgläubigkeit und Hilfslosigkeit rekrutiert und manipuliert. Ihnen wird suggeriert, dass sie, wenn sie ihr Clear erreichen wollen, eine Technik brauchen, die man Auditing nennt. Ziel sei es, die negativen Auswirkungen des reaktiven Verstandes zu verringern, um alles zu erreichen, was man will. Die Produkte und Dienstleistungen Scientologys sind meist überteuert. Ein E-Meter, das man braucht, um in den Kontakt mit dem Auditor zu treten, kostete 1998 viertausend Dollar. Einführungs- und Demonstrationsauditing kosteten 1990 zweihundert Dollar für zwölf Stunden, je höher die Stufe, umso höher die Ausgaben. Der Weg zur völligen Freiheit kann schon 376 000 Dollar wert sein. 2009 wurden in Paris erstmals namhafte Scientology-Mitglieder zu einer Geldstrafe von 600 000 Euro verklagt, 2012 wurde das Urteil wiederum bestätigt. Wer Scientology verlassen will, wird oft mit Schulden im fünfstelligen Bereich belastet. Ich habe mir im Internet einen Film angeschaut, der sich sehr intensiv mit diesem Thema beschäftigt. Der Film heißt ›Bis nichts mehr bleibt‹.

Er zeigt sehr anschaulich, wie psychologisch Scientology arbeitet. Heiner von Rönn hat nach fünfzehn Jahren den Ausstieg aus dieser Sekte geschafft. Ich nenne es bewusst Sekte, da Scientology Praktiken anwendet, die an frühere Sekten erinnern. Über einen Kommunikationskurs wurde von Rönn erstmalig mit Scientology konfrontiert. Der Film zeigt, mit welch raffinierten Methoden es Scientology immer wieder gelingt, Menschen von sich abhängig zu machen. Am Ende ist Heiner von Rönn hoch verschuldet und sozial isoliert. Dieser Film klärt auf und sollte ins Pflichtprogramm der Schulen aufgenommen werden. So könnten Kinder ihre Eltern schützen, welche bisher noch nichts über die Gruppierung erfahren haben. Das Problem mit dieser Sekte ist, dass sie sehr professionell arbeitet, und je schlauer ein Mitglied vorgeht, desto unwahrscheinlicher ist es, die Gefahr zu erkennen. Ob Friedrich Borrmann wirklich verstorben ist oder bewusst als vermisst gelten will, werden wir wohl nie erfahren.«

Ich sah Mathias an und wartete auf eine Reaktion. Nach einer Weile sagte er:

»Meinst du, dass Scientology etwas mit unseren Selbstmorden zu tun hat?«

Ich schüttelte den Kopf.

»Ehrlich gesagt kann ich es mir nicht vorstellen. Wir haben auch nichts gefunden, was die Selbstmorde mit Scientology in Zusammenhang bringt. Höchstens, unser Täter war früher Scientologe, ist ausgestiegen und hat sich dem Manichäismus zugewandt. Ich weiß es nicht Mathias.«

In dem Moment erinnerte ich mich wieder an meinen Traum und sprach:

»Mathias, hast du noch Zeit?«

»Ja, natürlich. Was gibt es denn?«

Ich erzählte ihm von den drei Mönchen und dass ich glaube, den Journalisten wiedererkannt zu haben.

»Also, Indira, ich weiß nicht, wieso, aber ich glaube dir. Obwohl es ganz schön mystisch klingt. Wir sollten morgen als Erstes das Phantombild anfertigen lassen und dann entscheiden wir, was wir damit anfangen.«

»Du hast recht, danke für dein Vertrauen, lass uns Feierabend machen.«

»Das ist eine gute Idee. Bis morgen.«

Ich brauche einen schönen Spaziergang, vielleicht hat Mario Lust mitzukommen. Gemeinsam laufen wir am Windelsbach entlang zum Mukarenestausee und genießen die laue Abendluft. Am Stausee trifft man oft ein Reiherpaar und jede Menge Wildenten an. Der kleine See strahlt eine angenehme Ruhe aus und die Tiere geben dem Ganzen einen Schuss Romantik dazu. Die Natur gibt uns so viel Kraft und Energie, das ist nach einem langen Arbeitstag genau das Richtige. Ich bin glücklich, das erleben zu können. Es ist gut, dass wir mit all unseren Sinnen offen sind für diese Schönheit, eine Schönheit die man genießen kann, unabhängig davon, ob man arm oder reich ist. Jetzt noch zum Abschluss des Tages ein schönes Glas Rotwein auf unserer Terasse. Man gönnt sich ja sonst nichts.

»Indira, Indira, höre genau zu. Wir müssen dir ein Geheimnis verraten. Wir wollen die Welt vor dem Untergang

bewahren. Du weißt, dass das Ende für 2012 vorausgesagt wurde, und nur Unwissende verstehen nicht, was wir wollen. Du bist eine Auserwählte. Hilf uns! Wenn du dich mit uns vereinen willst, dann gib uns ein Zeichen. Morgen findest du ein Zitat in der Tageszeitung. Achte auf die Zeilen, sie geben dir die Antwort. Merke dir genau, was wir dir gesagt haben.«

Oh Gott. Schon wieder so ein Traum. Welches Zitat und was soll es mir sagen? Ich muss mich entspannen, sonst komme ich nicht in meinen Schlaf. Auf diese Träume könnte ich verzichten, doch es muss einen Grund geben, wieso ausgerechnet ich sie erhalte. Das sind keine Selbstmorde, da bin ich mir sicher. Wir haben was übersehen.

13. September

Ich nehme die Zeitung und suche nach einem Zitat. Nur welches könnte gemeint sein. Wie gelähmt starre ich auf die Zeilen vor mir.

»Doch, du kannst es, Jonathan. Du hast viel gelernt. Die eine Lehrzeit ist zu Ende, die Zeit ist gekommen, um in einer anderen neu zu beginnen.«

Jetzt wird es mir langsam unheimlich. Der Satz sagt so viel aus und vor allem bedeutet er mir viel. Das Buch »Die Möwe Jonathan« gibt mein Lebensmotto wieder. Woher soll der Täter das wissen? Das ist mir ein Rätsel. »Die Möwe Jonathan« ist von Richard Bach geschrieben worden und ist ein Meisterwerk der Philosophie, denn in jedem von uns lebt diese Möwe Jonathan, wir müssen sie nur in uns wecken.

Wenn ich davon ausgehe, dass der Name JONATHAN mir was sagen soll, dann muss ich raten. Ich denke, dass unser Täter Rätsel liebt, und so tüftle ich einfach drauflos. Wird

JONATHAN als Zahlenfolge geschrieben, erhalte ich laut Alphabet die folgenden Zahlen 10, 15, 14, 01, 20, 08, 01, 14.

Das Ganze untereinander:

10
15
14
01
20
08
01
14

und dann ein Wellenmuster, das Symbol für Wasser, drauflegen und ich erhalte wieder Zahlen 015112804. Das könnte eine Telefonnummer sein. Sofort wähle ich die Nummer. »Kein Anschluss unter dieser Nummer«, sagt die Stimme mehrmals am Telefon. Meistens besteht eine Handynummer aus elf Zahlen, ich habe neun. Jetzt versuche ich es mit dem Zeichen für unendlich »∞«, das sieht aus wie eine liegende Acht oder zwei eng aneinanderliegende Nullen. Ich wähle wiederholt, indem ich mich für die zwei Nullen entscheide. Ein Freizeichen, ich halte den Atem an:

»Hallo, sind Sie Indira?«, fragt eine Stimme schwach.

»Ja, das bin ich«, antworte ich.

»Ich habe hier einen Brief für Sie. Der Mann sagte, dass Sie heute anrufen und mir sagen, wo der Brief hingeschickt werden soll.«

»Welcher Mann?«

»Das weiß ich nicht. Ich gehe immer eine Runde mit meinem Hund Tobi spazieren und da hat er mich angesprochen und gefragt, ob ich etwas für ihn tun kann. Er kannte meinen Sohn und Tobi hat sich auch gleich mit ihm angefreundet. Na ja, dann tut man das doch gern und Sie haben ja auch angerufen.«

»Können Sie den Mann identifizieren?«

»Die Stimme schon, aber wie er aussieht, das weiß ich nicht. Sie müssen wissen, ich bin blind.«

»In Ordnung, dann schicken Sie den Brief an die folgende Adresse, Indira Albrecht, 06333 Hettstedt, Polizeirevier … Wie ist Ihr Name gleich?«

»Ich bin Alfons Hebestadt. Sind Sie von der Polizei?«

»Ja, und nochmals Danke, Herr Hebestadt.«

Ich hatte keine Lust, weiter mit Herrn Hebestadt zu sprechen, ich hatte das Bedürfnis, mich zu setzen, nur für einen Augenblick, um das Ganze Revue passieren zu lassen. Woher will der Täter wissen, dass ich diese Telefonnummer rauskriege? Das ist alles sehr dubios, wenn ich das jemandem erzähle, denkt man doch, ich brauche einen Psychiater. Ich werde mit Mathias reden müssen. Das Telefon klingelt:

»Guten Morgen, Indira. Na, hattest du wieder einen Traum?«

»Guten Morgen, Mathias. Ja tatsächlich und dieses Mal noch düsterer.«

»Das hört sich nicht gut an. Komm ins Präsidium, wir müssen zum Rapport beim Chef antreten und danach reden wir darüber.«

»Bin gleich da.«

»Ach, da kommt ja unser Dreamteam.«, empfängt uns Herr Uhlig mit offenen Armen.

Mathias und ich sehen uns erstaunt an.

»Normalerweise gehe ich davon aus, dass Sie ohne Aufforderung zum Rapport erscheinen.«

»Ja, natürlich, Herr Uhlig. Wir waren nur so vertieft in unsere Arbeit, dass wir es vergessen haben«, antwortete ich.

»Ist schon in Ordnung«, winkte er ab.

»Erzählen Sie: Wer war der Mann auf unserem Foto und ist es unser Täter?«

Mathias erzählte Herrn Uhlig die ganze Geschichte. Herr Borrmann gilt als vermisst, und ob er beim Schiffsunglück wirklich verstorben ist oder die Chance genutzt hat, von Scientology loszukommen, das wissen wir nicht. Wir sind uns einig, dass Herr Borrmann eine Sackgasse ist. Herr Uhlig hörte geduldig zu und sagte dann:

»Gibt es doch keinen Täter, ist es doch Selbstmord?«

»Nein, das glaube ich nicht. Es gibt zu viele Fakten, die nicht auf Selbstmord hinweisen«, sagte ich.

»Welche, bitteschön?«

»Erstens, die Papierfetzen, die wir am Tatort gefunden haben. Kein Selbstmörder würde vorher einen Schnipsel auslegen. Zweitens, was verbindet die mutmaßlichen Selbstmörder miteinander? Bei beiden wurden diese merkwürdigen Schnipsel gefunden. Drittens denke ich, wir übersehen hier etwas Entscheidendes. Wieso beerdigt jemand seinen Hund gemeinsam mit seinen Papieren? Und viertens«, ich atmete kräftig ein und aus, »habe ich dubiose Träume.«

»Was für Träume?«

»In meinen Träumen geht es um den Untergang der Welt und ich soll ihn aufhalten. Heute hatte ich eine Botschaft in der Zeitung, die an mich gerichtet war.«

»Nun mal langsam. Meinen Sie, der oder die Täter nehmen im Traum Kontakt zu Ihnen auf?«

Da ich selber weiß, dass das ziemlich suspekt klingt, nicke ich nur und schaue ihm dabei direkt ins Gesicht. Er schüttelt den Kopf.

»Was soll ich da der Presse sagen. Wir haben ein Medium, das sich auf Himmelsbotschaften versteht.«

»Was haben Sie gesagt? Himmelsbotschaften?«

Das sagt doch der Text von Cyriacus Spangenberg, denke ich.

»Ja, Herr Uhlig, wahrscheinlich ist es so, denn unser Fall ist diesmal sehr geheimnisvoll. Entschuldigen Sie, ich muss etwas nachlesen.«

Ich verließ das Büro von Herrn Uhlig. Mathias legte ihm dar, was wir an Fakten haben und was an Hypothesen. Im Büro suchte ich nach der Inschrift von Spangenbergs Bild. Hier ist es:

»Dein ganzer Glaube möge fest verankert im Himmelreich sein. Denn er macht deine Hoffnungen zu einem Kahn.«

In der Sprache der Symbole bedeutet Kahn oder Boot die sichere Überfahrt in den Tod, Erleuchtung oder Erlösung. Christus ging über das Wasser. Also denkt unser Täter, dass er aus seiner Sicht den Opfern geholfen hat, den richtigen Weg zu nehmen. Er glaubt sicherlich, dass er etwas Gutes getan hat.

Teambesprechung

Mathias wartete schon mit Frau Dr. Rohrschneider und Frau Meier auf mich.

»Herr Vogel ist im Urlaub und Frau Rieger ist wegen eines anderen Falls draußen vor Ort«, sagte Mathias.

»Also, ich habe den Verdacht, dass wir etwas Wichtiges übersehen. Was wissen wir? Der Name ist Helmut Zinke, geboren in Aschersleben am 25. September 1949, zum Zeitpunkt des Todes ohne festen Wohnsitz. Was wissen wir von dem angeblichen Freund aus Quedlinburg?«

Frau Meier überlegt und antwortet:

»Ehrlich gesagt, nichts. Ich habe die Info aufgeschrieben und an euch weitergeleitet.«

»Kennen wir die Personalien von dem Freund?«

»Nein, er nannte sich selbst Nostradamus.«

»Wie bitte? Nostradamus«, sprach Mathias sehr betont.

»Ja, ihr habt doch nicht gefragt, nun sag bloß noch, das es meine Schuld ist, dass der Name nicht bekannt war. Das hätte mir heute noch gefehlt. Was ist an Nostradamus so ungewöhnlich?«

Ich sagte:

»Weißt du wirklich nicht, wer Nostradamus war?«

»Ehrlich gesagt, nein.«

»Nostradamus galt als der größte Prophet aller Zeiten, obwohl er als umstrittene Person gehandelt wird. Er sah Dinge voraus, die niemand sonst sah. Er wurde 1503 geboren und durch seinen Großvater wurde er in die Geheimnisse der Astrologie und in die Kabbala eingeweiht. 1555 veröffentlichte er seine ersten prophetischen Centurien. Sie legten den Grundstein für seinen Erfolg und finanziellen Wohlstand. Obwohl er vor über fünfhundert Jahren gelebt hat, wird er immer noch von vielen verehrt und seine Prophezeiungen werden als wahr angesehen. Würden Sie unseren Nostradamus wiedererkennen?«

»Schwer zu sagen, er sah eben wie ein echter Penner aus. Der stank dermaßen, ich wollte nicht länger als nötig in seiner Nähe sein.«

»Das hatte er bestimmt beabsichtigt. Mein damaliges Täterprofil besagte, dass unser Täter überdurchschnittlich intelligent sei und ungefähr vierzig bis fünfzig Jahre alt. Wahrscheinlich ist er gut situiert und mit einem schauspielerischen Talent gesegnet. Es gelingt ihm, in mehrere Rollen zu schlüpfen. Der erste Tote erlag einem natürlichen Tod, doch auch er hatte einen Papierfetzen im Mund. Unser Täter muss damals Ria, Brigitte und Marko beobachtet haben.« Ich sah Mathias an und fragte ihn:

»Hast du auf dem Friedhof noch was anderes erfahren können«?

Er schüttelte den Kopf. Ich dachte laut:

»Die drei haben auch niemanden bemerkt. Unser zweites Opfer gibt uns erst recht Rätsel auf. Was ist mit dem Grab des Hundes? Frau Dr. Rohrschneider, konnte man den Hund eindeutig unserem Opfer zuordnen?«

»Nein, Indira. Das Opfer war sehr unsauber, aber Haare von einem Hund habe ich nicht gefunden. Der Hund selbst ist an Altersschwäche gestorben. Ob es wirklich sein Hund war, kann ich nicht sagen.«

Mathias nahm den Ausweis in die Hand und las vor:

»Helmut Zinke, wohnhaft in 06449 Aschersleben, Badstuben 13. Frau Meier, ohne jemanden zu beschuldigen, hat man diese Adresse aufgesucht?«

»Nein, davon war keine Rede.«

Ich zeigte auf unsere Tafel und fragte:

»Hat unser Obdachloser Ähnlichkeit mit dem Foto auf seinem Ausweis?«

Frau Dr. Rohrschneider meinte:

»In gewisser Hinsicht schon, und da man auf dem Ausweis die Fingerabdrücke von unserem Obdachlosen gefunden hat, haben wir wohl nicht weiter nachgeforscht.«

»Mathias, kannst du mit Frau Meier die Adresse in Aschersleben aufsuchen? Ich gehe zur Abteilung von Herrn Vogel, um ein Phantombild von dem Journalisten zu erstellen, vielleicht ähnelt er Nostradamus.«

»Alles klar, Indira. Wann treffen wir uns wieder?«

»Sobald ihr was rausgefunden habt.«

Ich blieb noch eine Weile vor der Tafel stehen und ärgerte mich über unsere Schlamperei. Eins weiß ich, das darf nicht noch einmal vorkommen. Ich klopfte am Büro von Herrn Vogel und trat ein. Ein junger Mann bot mir Platz an und fragte, was ich wünschte.

»Mein Name ist Indira Albrecht, wir arbeiten gerade an einem Fall, bei dem ich eine Phantomzeichnung brauche. Können Sie das mit meinen Aussagen für mich erstellen?«

»Klar, muss es gleich sein?«

»Ja, es ist schon genügend Zeit verloren gegangen.«

»Dann sollten wir anfangen.«

»Es wäre mir lieb, wenn ich die Augen schließen könnte, dann kann ich mich besser konzentrieren und wenn Sie Fragen haben, dann fragen Sie. Ich werde nicht einschlafen«, sagte ich lächelnd.

»Zuerst die Kopfform«, sagte er.

»Der Kopf ist mehr viereckig. Die Augen dunkel, ich glaube grau, breite Augenbrauen und die Nase, normale Größe, die Nasenflügel etwas breit. Der Mund hat eine schmale Oberlippe, kein Bart. Das Haar ist sehr kurz geschnitten, die Ohren sind frei von Haaren und ihre Größe ist normal. Mehr fällt mir nicht ein.«

»Das ist in Ordnung, schauen Sie mal.«

Ich war überrascht von dem Ergebnis.

»Ja, so sieht der Journalist in meiner Vorstellung aus. Danke Herr …«

»Herr Schuhmann.«

»Ja, danke, Herr Schuhmann.«

Mit dem Phantombild ging ich in mein Büro und wartete, dass Mathias wiederkommt. Kurze Zeit später kamen Mathias und Frau Meier. Frau Meier berichtete, dass jetzt jemand anderes unter dieser Adresse wohnt. Daraufhin sind beide zur Wohnungsgesellschaft gefahren und hatten Glück. Ein älterer Herr konnte sich an den Obdachlosen erinnern. Er konnte aus unbekannten Gründen die Miete nicht mehr bezahlen, na ja, und nach drei Monatsmieten im Rückstand hat man seine Wohnung gekündigt. Ich zeigte Frau Meier das Phantombild, doch sie war sich nicht sicher, ob das der Freund des Penners war. Bis auf das Phantombild wissen wir jetzt immer noch nicht mehr.

»Immerhin haben wir jetzt ein Gesicht zu unserem Nostradamus«, das ist doch ein Anfang, sagte Mathias.

»Gut«, sagte ich zustimmend, »wenigstens einer, der mit dem Ergebnis zufrieden ist.«

»Morgen ist auch noch ein Tag, lasst uns Feierabend machen.«

Mathias schlug vor, dass wir morgen mit der angefertigten Zeichnung in die Zeitungsredaktion fahren sollten, vielleicht erkennt jemand den Mann auf dem Phantombild, denn immerhin hat er sich auch als Journalist ausgegeben.

»Ja, das ist eine gute Idee, Mathias, dich brauche ich noch mal kurz, danke, Frau Meier und Frau Dr. Rohrschneider.«

»Schönen Feierabend, ihr zwei«, sprach Frau Dr. Rohrschneider. Sie ist die Einzige, die uns duzt, aber wir siezen Sie. Wieso das so ist, weiß ich gar nicht mehr. Ja, jetzt erinnere ich mich. Sie ist am längsten von uns hier. Ihr früherer Chef war ursprünglich Amerikaner und es war üblich, sich zu duzen, jedoch die Anrede

Frau oder Herr zu verwenden. Na ja, im Englischen gilt »you« für »du« und »sie«. Praktisch.

Mathias schilderte ich noch einmal von Anfang an meinen Traum von letzter Nacht, bis hin zur wahrscheinlichen Aufklärung des Zitates und der verbundenen Telefonnummer. Nachdem ich mit meinen Erklärungen geendet hatte, wartete ich auf Mathias' Antwort. Er ließ sich mehr Zeit als sonst, dann atmete er tief ein und aus und sprach:

»Wenn ich dich nicht kennen würde, könnte ich denken, du fantasierst. Es fällt mir schwer zu verstehen, was hier eigentlich passiert. Hast du das zweite Gesicht?«

»Nein, nicht das ich wüsste. Jedoch bin ich tatsächlich offen für übersinnliche Phänomene. Erinnere dich, wie toll ich damals die Serie Akte X fand.«

»Ja, erinnere mich daran. Mulder hat dich total beeindruckt. Er und seine Scully. Wir sollten abwarten, was in dem Brief steht, und versprich mir, wenn du weiter von unserem Täter träumst, sollten wir das sehr ernst nehmen, und behalte es nicht für dich, sondern rufe mich an, auch wenn es mitten in der Nacht ist. Ist das klar?«

»Ich bin ja froh, dass du mich ernst nimmst und ich verspreche, mich sofort zu melden, wenn es ungemütlich wird.«

»In Ordnung, dann bis morgen, Indira.«

»Ja, bis morgen«.

Auf dem Weg nach Hause dachte ich noch über das Zeitungszitat und den daraus resultierenden Anruf nach. Gut, dass ich Mathias davon in Kenntnis gesetzt habe. Ich schloss die Haustür auf und nahm den Briefkastenschlüssel, um zu sehen, was im Briefkasten war. Ganz in Gedanken nahm ich einen großen Umschlag wahr, dann erschrak ich und öffnete ihn schnell. In großen Druckbuchstaben stand geschrieben: »MANI ist die Rettung. MANI bewahrt seine Anhänger vor dem Weltuntergang.«

Ich nahm den Umschlag und fuhr noch mal zurück und brachte ihn ins kriminaltechnische Labor. In der Hoffnung, dass sie vielleicht Fingerabdrücke darauf finden, die nicht von mir sind. Als ich bei der Dienststelle eintraf, gab mir der Pförtner auch einen Brief. Er sagte, dass der Brief hier vorn abgegeben wurde, mit der Bitte ihn mir persönlich auszuhändigen. Ich ging in mein Büro und öffnete ihn:

»Zur absoluten Vereinigung bedarf es einer Frau und eines Mannes. Nur die geschlechtliche Einheit ist die Vervollkommnung des Göttlichen. Eine Priesterin kann den Kreislauf des ewigen Lebens in Gang halten. Nur so kann der Weltuntergang aufgehalten werden. Sei bereit für die Botschaft.«

Was will er von mir? Soll ich mit ihm Sex haben, um die Welt zu retten? Wütend warf ich den Brief auf meinen Schreibtisch und verließ jetzt endgültig mein Büro. Beim Verlassen des Polizeigebäudes rief der Pförtner noch:

»War der Brief denn wichtig, Frau Albrecht«

Ich winke ab und verschwinde sehr schnell. Hinter jedem männlichen Gesicht vermute ich einen Anhänger von MANI, ich muss mich beruhigen, sonst werde ich wirklich noch verrückt. Auf keinen Fall will ich jetzt allein sein. Mario ist noch auf Arbeit, er kommt erst gegen zweiundzwanzig Uhr. Ich könnte Carmen fragen, ob wir gemeinsam mit dem Fahrrad eine Runde drehen wollen. Ach, heute ist Donnerstag, da hat sie Schulung. Sie gibt ihre Erfahrungen mit dem praktischen Lehrjahr weiter. Als ich nach Hause komme, sehe ich, dass der Anrufbeantworter blinkt. Ich höre ihn ab.

»Indira. Ich bin mit Pandora in Stangerode. Wenn du Lust hast, komm doch vorbei.«

Ich rufe Denise an und sage, dass ich in dreißig Minuten da bin. Denise ist ein Pferdenarr. Pandora ist ihre Stute. Marianne, ihre Tochter, reitet Pandora zur Dressur. Denise ist eine Natur- und Tierliebhaberin. Pandora und Zeus sind ihre Lieblinge. Zeus ist ein Deutsch-Kurzhaar-Hund, er ist für die Jagd abgerichtet. Rudi, ihr Mann, ist der Jäger. Zeus, nachdem er einen beschnuppert hat, ist neugierig wie ein kleines Kind. Damit er nichts verpasst, legt er sich zu unseren Füßen und döst vor sich hin. Für mich ist es immer interessant zu sehen, wie Tiere sich entspannen können. Sie lassen wirklich alle viere gerade sein und brauchen dadurch doppelt so viel Platz, wie sie im Normalfall benötigen. Als ich mit meinem Fahrrad in Stangerode ankomme, das ist ein Weg von ungefähr acht Kilometern, wiehert mir Pandora zur Begrüßung entgegen. Pandora hat ein einladendes Lachen, sie zeigt ihre Zähne und macht sich lustig über einen. Vielleicht ist es tatsächlich so. Ich habe schon die Hirsche röhren gehört. Es ist schon wieder Herbst und da ist die Brunft, die Paarungszeit der Hirsche, in vollem Gange. Ist schon erstaunlich, wie laut ein Rothirsch brüllen kann. Die Damhirsche sind leiser, ihre Brunft ist meist etwas später als die der Rothirsche. Ihnen zuzuhören ist heute sehr beruhigend. Die Natur kümmert sich nicht um einzelne Schicksale und das ist gut so. Nach einer Weile rede ich mit Denise über alles Mögliche. Bis ich ihr von meinen Träumen und den Briefen erzähle, ist die Dunkelheit schon über uns gekommen. Ich verabschiede mich und mache mich auf den Heimweg. Mario ist mittlerweile auch zu Hause. Wir trinken noch ein Gläschen Wein und sprechen über den Tag. Ich erzähle zwar von dem Zeitungszitat, aber verberge, dass mir das Ganze selbst unheimlich ist. Ehrlich gesagt traue ich mich nicht ins Bett. Je mehr ich daran denke, umso mulmiger wird mir.

»Indira, hörst du mich? Du bist die Auserwählte, du wirst gebraucht. Wahrhaftig gebraucht.«

Sofort bin ich wach. Ich muss den Spieß umdrehen. Jetzt oder nie, ich will wissen, wie er heißt. Ich liege auf dem Rücken, ganz entspannt, und frage mein Unterbewusstsein gedanklich immer wieder: Wie ist sein Name? Dann bin ich wieder in meinem oder seinem Traum.

»Was willst du wissen? Ich sehe, du beherrschst die Hypnose. Von einer Auserwählten hätte ich das auch erwartet. Also stelle deine Fragen.«
»Wer bist du?«
»Das weißt du doch, Nostradamus.«
»Nein, dein bürgerlicher Name.«
»Christian Jacob.«
»Bist du wirklich Journalist?«

Tüt, tüt, tüt, tüt ... Bevor ich merke, dass mein Wecker klingelt, scheint eine Ewigkeit zu vergehen. CHRISTIAN JAKOB – Journalist?

14. September

Heute hat Xaver Geburtstag. Kaum zu glauben, dass er schon vierundzwanzig Jahre wird. Mit vierundzwanzig Jahren war ich schon Mutter und fast mit meinem Studium fertig. Damals hatten wir auch noch die DDR und wie sagt man: »Andere Länder, andere Sitten.«

Herzlichen Glückwunsch, Xaver. Da er in Dortmund wohnt, werden wir uns nächste Woche sehen und seinen Geburtstag nachfeiern. Gute Wünsche und gute Geschenke kommen nie zu spät. Bevor ich ins Büro fahre, werde ich noch bei ihm anrufen. Denn wer weiß, was der Tag noch alles bringen wird. Nicht dass ich es am Ende vergesse, ihm zu gratulieren.

Im Büro angekommen, erzähle ich Mathias von meinen neuen Erkenntnissen.

»Indira, du machst mir Angst. Hoffentlich ist dieser Fall bald abgeschlossen.«

»Ja, das hoffe ich auch, Mathias.«

Wir fahren mit dem Phantombild zur Redaktion. Dort sind alle so beschäftigt, dass wir eine Weile brauchen, um jemanden zu finden, der sich unser annimmt. Herr Mönich sieht sich das Phantombild an und scheint nachzudenken, denn er bewegt seinen Kopf hin und her und seine Augen sind nach oben gerichtet. Ich hoffe, dass er uns was zu dem Bild sagen kann, bisher haben wir nur meine Träume und die sind strafrechtlich nicht relevant.

Er sagt: »Das Bild ist suboptimal. Aber ich bin mir sicher, dass das Christian Jacob ist.«

Fassungslos sehe ich Mathias an, er nickt und sagt: »Das haben wir befürchtet. Ist er bei Ihnen angestellt. Haben Sie eine Adresse für uns?«

»Er ist freier Mitarbeiter. In unserer Abteilung gibt es Frau Scholz, sie kennt ihn sehr gut. Wollen Sie mit ihr sprechen?«

»Ja, unbedingt«, sage ich.

Wir gehen gemeinsam mit Herrn Mönich durch die Redaktion. So ein Großraumbüro macht auf mich immer einen bedrückenden Eindruck. Gegrüßt wird hier nicht, sagt Herr Mönich, das würde nur stören bei ihren Recherchen und die Konkurrenz ist groß. Ganz im hinteren Teil des Großraumbüros ist der Schreibtisch von Frau Scholz.

»Frau Scholz, die Herrschaften sind von der Kriminalpolizei. Aufgrund ihrer Ermittlungen wollen sie Auskünfte über Christian Jacob.«

Frau Scholz begutachtet uns kritisch und fragt: »Wieso wollen Sie was über Christian wissen?«

Mathias sagt: »Sie wissen doch, dass wir nicht über laufende Ermittlungen sprechen können.«

»Was springt für mich dabei raus. Ist da eine Story drin?«

»Frau Scholz, ich verspreche Ihnen, dass Sie ein Exklusivinterview von mir bekommen, wenn die Ermittlungen abgeschlossen sind«, antworte ich auf ihre Forderung hin.

»In Ordnung, lassen Sie uns nach unten ins Kaffee gehen. Ich werde ihnen von CHRISTIAN JACOB berichten.«

Ich bin überrascht, dass sie so schnell eingewilligt hat. Wir gehen in das im unteren Bereich befindliche Cafe und setzen uns Abseits, um in Ruhe zuhören zu können.

»Ja, über Christian könnte man einen ganzen Roman schreiben. Ich kenne ihn seit der Schulzeit. Er war der Intelligenteste von uns. Nie hat er sich und seine Ideale verraten, es gab manchmal Schwierigkeiten mit den Lehrern in der Schule. Da gab es einen Herrn Fewa. Der hatte alle auf dem Kieker, die nicht das machten, was er sagte. Ich erinnere mich, dass wir auf Klassenfahrt waren. Herr Fewa ging seine Runde durch die Bungalows und wartete nur darauf, dass er uns eine Falle stellen konnte. Spät am Abend kam Christian zu mir ins Zimmer, kaum dass er da war, schrie Fewa schon: »Hat jemand Christian gesehen, ich glaube wir müssen die Polizei rufen. Wenn ich ihn in den nächsten fünf Minuten nicht finden kann, werde ich anrufen.«

So kam es, dass Christian nach draußen ging und wir bekamen einen Verweis wegen untadeligen Verhaltens. Wir waren eine eingeschworene Gemeinde, es war eine schöne Jugendzeit. Nach dem Abitur verloren wir uns aus den Augen. Viele Jahre später hatte ich eine Recherche in Leipzig, und wie der Zufall so spielt, habe ich ihn getroffen. Es war herrlich, wir versprachen uns, dass wir in Schriftkontakt bleiben wollen. So kam es, dass ich sein Tagebuch wurde.

Ich habe Dinge erfahren, die mich traurig machten. Auf seine Briefe habe ich immer geantwortet, doch manchmal hätte ich ihn gern von seiner Last befreit. Stellen Sie sich vor, einer ihrer besten Freunde verliert immer mehr seinen Lebensmut. Er will ausbrechen, aber es gelingt ihm nicht. Das Schicksal hat ihn arg gebeutelt. Seine Frau und seine Zwillinge sind krank. Seine Frau leidet unter Kleinhirnatrophie und die Zwillinge sind Spastiker, wobei einer von ihnen nicht nur körperlich, sondern auch geistig betroffen ist. Solange nur die Zwillinge krank waren, konnte er gut mit der Situation umgehen. Im Gegenteil, er sprach immer sehr positiv über seine Zwillinge, wobei er den, der am stärksten behindert war, besonders liebte. Seine Zuneigung zu ihm war schon einzigartig. Obwohl er kaum sprechen konnte, es waren für Außenstehende nur unartikulierte Laute, hat er sogar mit ihm telefoniert. Ich glaube, sein anderer Sohn war bestimmt das eine oder andere Mal eifersüchtig auf seinen Zwillingsbruder.

Die Frau von Christian war dem Ganzen nicht gewachsen. Die Kinder hätten eine starke Mutter gebraucht, doch sie hatte mit sich selbst zu kämpfen, so lag vieles auf den Schultern von ihm und er wollte manchmal ausbrechen, aber es hätte ihn innerlich zerrissen. Er sehnte sich nach einer starken Persönlichkeit, nach Zärtlichkeit, nach Geborgenheit, seine Akkus waren verbraucht. Immer öfter waren sie schneller entladen als aufgeladen. Er war sonnenhungrig, lechzte nach Wärme in seinem Herzen, und obwohl er ständig in die Wärme flog, brachte es keine Besserung. Seine Frau brauchte feste Strukturen und Rituale, jede noch so kleine unvorhergesehene Sache warf sie völlig aus der Bahn. Er fing an zu laufen, zu rennen, vor sich selber wegzurennen, es half ihm nichts, er konnte sein Schicksal nicht hinter sich lassen. Halt fand er manchmal in seinem schwerstbehinderten Sohn. Doch der starb vor einem Jahr und seitdem ist der Kontakt abgebrochen. Ich habe mehrmals versucht, ihn zu erreichen, aber er will sich nicht melden. Das Schlimme ist, das er seinen Glauben verloren hat und seitdem überall nur noch negativ gepolt ist.

»Was meinen Sie mit Glauben und negativ gepolt?«

»Na ja, er ist evangelisch erzogen und war selbst kirchlich engagiert. Aber vielleicht hat das Schicksal ihn doch zu arg gebeutelt. Am Ende wollte er nicht einmal mehr Weihnachten feiern. Er hat sich von allem Kirchlichen abgewandt.«

Mathias fragte, ob sie eine Adresse von Herrn Jacob habe.

»Nur die von früher, doch da meldet sich keiner. Wie gesagt, seit über einem Jahr habe ich überhaupt keinen Kontakt mehr.«

Nach einer Weile, wir waren noch in Gedanken, sagte Mathias: »Danke, Frau Scholz. Vielleicht hilft uns Ihre Aussage weiter. Wir werden uns bei Ihnen melden, wenn der Fall abgeschlossen ist, und Sie erhalten Ihr Exklusivinterview.«

Wir verabschiedeten uns und gingen nach draußen. Keiner von uns sprach ein Wort. Jeder dachte an sein eigenes Leben und war im Stillen dankbar dafür, dass es nicht aus den Fugen geraten ist.

»Indira, glaubst du, dass Christian Jacob unser Täter ist?«

»Ja, das glaube ich. Obwohl ich gern wüsste, warum diese Opfer. Haben sie vielleicht doch selber Hand angelegt, weil er ihnen klar gemacht hat, es erwartet sie eine bessere Welt als die, in der sie jetzt leben.«

»Dann ist er erst recht gefährlich. Es gibt genügend Menschen, die mit sich und ihrer Situation unzufrieden sind, und es wäre schrecklich, wenn die sich alle umbringen würden.«

»Ja, da hast du recht. Aber du weißt doch, die ganze Weltuntergangstheorie wird auch von vielen geglaubt. Ich habe letztens gelesen, dass von tausend Befragten sich vierhundert Menschen vorstellen können, dass sich die Welt entzweit. Das sind immerhin vierzig Prozent, verrückt, nicht.«

»Wir müssen zu Herrn Uhlig, obwohl es schwierig ist, ihm glaubhaft zu machen, dass wir einen Fall haben, der höchst brisant ist.«

»Ja, vor allem wenn er von meinen Träumen erfährt. Meinst du wirklich, dass wir es ihm erzählen müssen?«

»Dringend, Indira. Es ist unser Fall und ehrlich gesagt mache ich mir Sorgen um dich. Wer weiß, was du noch alles in deinen Träumen erfährst.«

»Du hast recht. Dann lass uns ins Büro fahren und mit Herrn Uhlig sprechen.«

»Da sind Sie ja. Ich habe schon auf Ihren Bericht gewartet. Was gibt es Neues in ihrem Fall«, fragte uns Herr Uhlig gut gelaunt. Wir setzten uns und Mathias übernahm den Part, ihm zu erklären, was wir herausgefunden haben.

»Seit diesem Fall hat Indira Träume, die mit der Auflösung des Falles zu tun haben. Sie wird in ihren Träumen von unserem Täter direkt angesprochen.«

»Was soll das heißen. Ist das wahr?«

»Ja, Herr Uhlig. Fast täglich, wenn ich schlafe, kommuniziere ich mit unserem Täter. Im letzten Traum hat er mir seinen Namen verraten und der hat tatsächlich gestimmt.«

»Das hat mir noch gefehlt, wie sollen wir das dem Staatsanwalt beibringen?«

»Das kann ich Ihnen auch nicht sagen, am besten, indem wir bei der Wahrheit bleiben. Es ist nun einmal so.«

»Gut, ich werde mich kümmern. Ich hoffe, dass das Ganze bald zum Abschluss gebracht wird.«

Wir verließen das Büro von Herrn Uhlig.

»Indira, lass uns Adressen zu Jacob ermitteln und sobald wir was Vielversprechendes/Glaubwürdiges haben, fahren wir hin.«

»Ich vermute, wir werden nichts finden. Er wird seine Zelte abgebrochen haben. Vielleicht haben wir Glück und wir können seine Frau befragen.«

»Dann los an die Arbeit.«

Den Namen Jacob findet man zigmal auf diversen Internetseiten sowie im örtlichen Telefonbuch. Ich rufe Frau Scholz von der Redaktion an und frage sie nach der letzten, ihr bekannten Adresse von Christian Jacob. Sie sagt, dass er aus der Gegend um Nürnberg stammt. Sie teilt mir die Adresse plus Telefonnummer mit. Ich rufe dort sofort an. Die Festnetznummer geht sofort in einen Anrufbeantworter über. Ich spreche drauf und bitte um Rückruf. Die Handynummer klingelt und klingelt, es springt keine Mailbox an. Ich gehe zu Herrn Vogel und lasse mir das Handy orten. Er findet es auch schnell. Eigenartig, es ist sogar direkt in der Nähe, doch plötzlich verschwindet das Signal und Herr Vogel sagt:

»Es hat den Anschein, dass er das Telefon ausgeschaltet hat. Soll ich weiterhin nach der Nummer Ausschau halten?«

»Ja, und wenn Sie das Signal wieder einfangen, dann bitte gleich Bescheid geben.«

»In Ordnung.«

Plötzlich fällt mein Blick auf ein Amulett.

»Was ist denn das, Herr Vogel?«

»Ach das, das hat meine Frau auf dem Markt erstanden. Es soll helfen, die negativen Schwingungen des Kosmos zu beschwichtigen. Sie haben es doch gehört, der Weltuntergang«, sagt er mit einem Lächeln, das ziemlich erzwungen ist.

Ich nehme das Amulett in die Hand und erschrecke. Es läuft mir ein eiskalter Schauer über den Rücken. Das Amulett ist ein Stein, der die Form eines Sternes hat, und in der Mitte befindet sich ein geschnörkeltes N.

»Was hat Ihre Frau gesagt, soll das Amulett bedeuten?«

»Der Stern des Kosmos trägt die negative Energie fort und somit bleiben wir vom Weltuntergang verschont. Sie sagte noch, dass es wichtig sei, dass die Zeichen auf positiv stehen.«

»Herr Vogel, darf ich es mir kurz ausleihen?«

»Klar doch.«

Ich gehe mit dem Amulett zu Mathias und bitte ihn, mir zu sagen, was ihm dazu einfällt.

»Indira, wo hast du das denn her?«

»Das sage ich dir gleich, aber erst will ich wissen, was du bei seinem Anblick denkst oder fühlst.«

»Ehrlich gesagt gar nichts. Das Menschen für so etwas Geld ausgeben, ist mir ein Rätsel. Doch wie ich dich kenne, hast du eine Eingebung. Nicht?«

»Ach, Mathias. Ich sehe ein Hexagramm und keinen Stern. Weißt du, dass das Hexagramm die Vereinigung von Weiblichkeit und Männlichkeit in ihrer Gesamtheit darstellt?«

»Indira, du machst mir Angst. Ich hätte es nicht gesehen, aber wenn du es so sagst, muss ich dir zustimmen. Nur ist mir neu, dass ein Hexagramm die Vereinigung von Frau und Mann bedeuten soll.«

»Früher habe ich das auch nicht gewusst, ich habe es jedoch gelesen. Sieh.«

Ich nehme einen Stift und ein Blatt Papier von seinem Schreibtisch und zeichne.

»♀ das ist heute das Symbol für weiblich. Es stellt einen Spiegel für die Schönheit dar.

♂ das ist das Symbol für männlich. Manche sagen, dass es ein Schild mit einem Speer darstellt.«

»Natürlich, diese Symbole hat doch jeder in Biologie kennengelernt. Was haben Sie mit der Vereinigung von Frau und Mann zu tun?«

»Diese Symbole charakterisieren die Planeten Venus und Mars. Die alten Symbole für männlich und weiblich sind viel einfacher.

▲ Das ist das ursprüngliche Zeichen für männlich, ein Phallus. Man nennt dieses Zeichen den Winkel. Er steht für Aggression und Männlichkeit. Heute noch wird es als militärisches Rangabzeichen auf Uniformen genäht.

▼ Das ist das Zeichen für weiblich. Der weibliche Schoß, es symbolisiert Fruchtbarkeit. Wenn du das Hexagramm so malst, dass ein Dreieck mit der Spitze nach oben und dann ein Dreieck darauf mit der Spitze nach unten zeigt, hast du einen Stern.«

Mathias hob überrascht den Kopf. Ich merkte, dass er verstanden hat, was ich meinte.

»Was du alles weißt. Du meinst, unser Täter lässt uns eine Botschaft zukommen?«

»Ich weiß nicht, aber auf alle Fälle glaubt er tatsächlich an den Weltuntergang und dass es irgendwie zu einer Vereinigung kommen soll. Hast du was von Christian Jacob erfahren können?«

»Nicht viel. Seine Frau liegt im Krankenhaus und der behandelte Arzt sprach davon, dass es ihr nicht gut geht. Besuch bekommt sie kaum. Sie will auch niemanden sehen. Ich dachte, dass wir ihr morgen einen Besuch abstatten sollten. Vielleicht erfahren wir dann, wo sich ihr Mann aufhält.«

»Ja, das sollten wir. Wo liegt sie denn im Krankenhaus?«

»In Leipzig, da wohnen ihre Eltern.«

»In Ordnung, ich bringe jetzt Herrn Vogel das Amulett wieder und wir sehen uns morgen.«

Herrn Vogel fragte ich noch, ob das Handysignal wieder aufgetaucht war. Er verneinte. Ich fühle mich etwas niedergeschlagen, die ganze Geschichte nimmt mich doch mehr mit, als ich geglaubt habe. Auf dem Weg zu meinem Auto rempelt mich eine ältere Frau an. Zuerst bin ich etwas verwirrt und will sie auffangen, doch dann murmelt sie:

»Die Zeit ist reif. Wir müssen alle sterben. Hi, hi, hi. Wir müssen sterben, rette uns. Hi, hi, hi.«

Ich stoße sie von mir. Sind denn alle verrückt geworden. Ständig hört man nur noch Weltuntergang. Ich steige in mein Auto und will nur noch nach Hause.

Ich will mir eine Entspannungs-CD einlegen und mich von allem befreien, was mich belastet. Es gibt die unterschiedlichsten CDs zum Thema Entspannung. Um in eine schnelle und gute Entspannung zu gleiten, ist für mich die Entspannungsmusik »Strandszene« am effektvollsten. Die Musiker spielen sphärische Klänge auf einem Synthesizer. Diese Musik, deren entspannende Wirkung mittels EEG an Testpersonen überprüft wurde, ist Balsam für die Seele. Die CD beginnt mit Meeresrauschen. Man hat die Vision, am Strand zu liegen, die Sonne zu spüren, die Wellen zu hören. Die Musik verschafft ein Gefühl der Ruhe, Harmonie und Schwere. Nach circa zwanzig Minuten wird man durch Vogelgezwitscher und temperamentvolle Musik aus der Entspannung geholt. Ich liebe diese CD, weil ich innerhalb von zwanzig Minuten wieder fit bin für den Rest des Tages. Nachdem ich die CD eingelegt und den Ton auf leise gestellt habe, mache ich es mir auf der Couch bequem. In Rückenlage, die Arme und Beine locker neben den Körper, schließe ich meine Augen und gebe mich der Musik hin. Schon nach kurzer Zeit verspüre ich eine Harmonie und Schwere in mir, die mir das Gefühl gibt, ich bin eins mit dem Universum.

> »*Indira. Hörst du mich? Indira. Ich weiß, dass du mich hören kannst. Wir brauchen dich. Wenn du wieder bei Bewusstsein bist, dann komm zum Arnstein. Du sollst erfahren, was mit deinen Opfern passiert ist und vor allem, wozu das alles dient. Wir erwarten dich!*«

Was passiert eigentlich mit mir? Ich werde auf die Burg Arnstein gehen. Es muss doch möglich sein, dem Ganzen ein Ende zu setzen. Vielleicht stimmen meine Träume auch nicht, aber dann weiß ich wenigsten Bescheid. Die Polizei zu benachrichtigen, wäre übertrieben. Mathias ist heute zum Konzert bei AC/DC, ich werde ihm auf die Mailbox sprechen. Mario hinterlasse ich eine Nachricht:
»Wenn ich bis 23.30 Uhr nicht zurück bin, dann rufe bitte die Polizei und sage, dass sie zur Burg Arnstein kommen soll. Solltest du auch kommen, dann sei bitte vorsichtig, ich weiß nicht, was dich erwartet. Gruß und Kuss Indira.«

20.21 Uhr

Ich mache mich auf den Weg, meine Taschenlampe und die Pistole habe ich dabei. Obwohl mir mulmig ist, gehe ich den Weg hinter dem ehemaligen Schloss der Knigges entlang. Ich weiß nicht, was ich von alldem halten soll, es ist schon verrückt, dass ich allein losmache, aber ich kann nicht glauben, dass mir wirklich was passieren wird. Nur blöd, dass es ausgerechnet heute sehr neblig ist. Sonst sage ich mir immer:

»Indira, nur die wahrhaft Sehenden können hinter den Nebel schauen und die wahre Schönheit erkennen.«

Doch heute habe ich Schiss, aber es hilft nichts, ich will wissen, was an meinen Träumen dran ist. Vielleicht bilde ich mir auch alles nur ein. Aber dann hätte ich den Namen des Journalisten nicht erfahren. Mutig nehme ich den Weg zur Burg über das Schloss am Friedhof entlang und direkt den Berg hinauf. Hinter dem Schloss höre ich ein Käuzchen. Ich gehe langsamer und drehe mich nach jedem Geräusch um und leuchte mit meiner Taschenlampe. Aufgrund des dichten Nebels kann ich dadurch auch nicht besser sehen. Verdammt, was war das. Ich muss mich beruhigen, es war nur ein Rabe. Vielleicht einer der Raben von Odin (Wotan). Odins Augen und Ohren, sie bringen ihm die Neuigkeiten der Welt. Hoffentlich kommt der Rabe heute nicht aus dem Reich der Toten. Dieser verdammte Nebel, heute ist er mir lästig. In der Ferne, Richtung Burg, erkenne ich einen Lichtschein. Es sieht aus wie ein offenes Feuer. Ich begebe mich langsam und leise an den Platz vor der Burg und atme noch einmal tief ein und aus. Wie komme ich zum Eingang, ohne gesehen zu werden? Mist, jetzt haben sie bestimmt das Knacken des Astes unter mir gehört. Noch während ich überlege, erkenne ich zu spät zwei Gestalten in dunklen Mönchskutten. Ich spüre noch, wie ich gepackt werde und versuche, mich zu befreien, doch dann wird es dunkel um mich. Als ich wieder zu mir komme, muss ich feststellen, dass meine Pistole und die Taschenlampe weg sind. Beides hätte ich jetzt gebraucht. Ich muss mich zusammenreißen, doch im Innern bin ich aufgewühlt. Wo bin ich? Es riecht muffig, es könnte der Keller der Burg sein. Ich höre Schritte. Ich rufe.

»Hallo. Hallo, können Sie mich hören?«

Ich sehe Licht. Nachdem sich meine Augen an das Licht gewöhnt haben, gehe ich auf das Licht zu. Es ist ein riesiger Kandelaber, ich denke noch, richtig romantisch, obwohl mir im Moment nicht nach Romantik ist. Auf einem Tisch steht eine

Schüssel mit Wasser, daneben liegt ein Handtuch. An der Wand hängt ein prachtvolles Brautkleid. Jetzt erst merke ich, dass ich nur Unterwäsche trage. Was soll das alles? Soll meine Vermutung doch stimmen und es kommt zur Vereinigung/Vermählung? Du Scheiße, worauf habe ich mich hier eingelassen. Mir wird langsam kalt. Da ich keine Uhr trage, weiß ich im Moment nicht, wie lange ich schon hier bin. Ich entschließe mich, das Kleid anzuziehen, vielleicht werde ich beobachtet, und solange ich nicht das mache, was sie von mir wollen, erfahre ich gar nichts. Das Kleid passt wie angegossen, es fühlt sich gut an. Hier muss jemand genau wissen, welche Kleidergröße ich habe. Wen soll ich denn heiraten? Es wird doch nicht Christian Jacob sein. Soll ich mit ihm die Vereinigung vollführen? Das ist ein Alptraum. Ich will gerade das Brautkleid wieder ausziehen, da kommen wieder die beiden Mönche. Der eine grinst mich ordinär an. Ich sage:

»Was grinst du so, noch nie eine Frau gesehen?«

Er reagiert nicht, sondern grinst blöd weiter. Mit Gewalt halten sie mich fest und knebeln mich, dann schleppen sie mich in das obere Stockwerk der Burg. Dort steht ein schön gedeckter Tisch. Wäre die Lage nicht so urkomisch, hätte das Ganze wieder einen Hauch von schöner Romantik. Aus einer dunklen Ecke, die nicht beleuchtet ist, kommt ein Mann auf mich zu. Er nimmt meine Hand und führt mich zum Tisch, dann spricht er:

»Du weißt, dass du keine Angst haben musst. Du bist so weit, du bist die Auserwählte.«

Ich will ihm meine Hand entziehen, aber er hält sie fest in seiner. Warum trägt er eine Maske? Sieht er aus wie das Phantom der Oper? Er soll mir den Knebel aus dem Mund nehmen. Wahrscheinlich hat er mich verstanden, denn er befreit mich von dem Knebel. Ich huste und ringe etwas nach Luft. Er gibt mir mein Asthmaspray. Gierig greife ich danach. Nach kurzer Zeit sehe ich ihn an und sage:

»Nehmen Sie die Maske ab, damit ich weiß, mit wem ich spreche!«

»Wenn wir uns vereinen, dann werde ich sie abnehmen. Wir werden das Universum retten, wir sind die Auserwählten.«

»Wie wollen wir uns vereinen? Ich werde dir nicht freiwillig zur Verfügung stehen oder willst du mich vergewaltigen?«

»Du wirst freiwillig mitmachen. Du solltest wissen, dass es Möglichkeiten gibt, dich gefügig zu machen. Wir haben nicht ewig Zeit. Stelle deine Fragen, denn du bekommst nur einmal Gelegenheit dazu.«

Ich wusste, dass er recht hat. Es gibt chemische Cocktails, die einen gefügig machen, er wird mich zwingen, dass ich was trinke, und dann bin ich ihm hilflos ausgeliefert. Hoffentlich kommt Mathias nicht zu spät. Vielleicht kann Mario mir helfen. Ich muss auf Zeit spielen.

»Wieso das Ganze?«

»Wieso, das weißt du doch. Der Weltuntergang wurde mehrmals prophezeit und ich und du sind füreinander bestimmt. Ich bin nicht Christian Jacob. Er ist einer unserer Jünger und er hat mir geholfen, zu dir Kontakt aufzunehmen. Ich habe dich auf einem Seminar kennengelernt und wusste sofort, dass du meine Bestimmung bist. Du predigst doch, dass die Vergangenheit vergangen ist, die Zukunft noch unbestimmt und die Gegenwart das Hier und Jetzt.«

Auf welchem Seminar, denke ich, doch ich reagiere trotzig und sage:

»Erstens predige ich das nicht, sondern das hat Buddha gesagt und der Spruch ist wahr und zweitens glaube ich nicht, dass es einen Weltuntergang geben wird.«

»Genau und deshalb brauchen wir dich.«

»Wieso?«

»Weil du gerade den Grund geliefert hast. In dem alten Buch, das du in deinem Traum gesehen hast, wird prophezeit: Eine Frau, die anders glaubt, wird sich mit einem Mann, der wahrhaftig glaubt, vereinen und sie werden das Universum bereichern.«

»Das ist doch ein bisschen weit hergeholt.«

»Nein, das ist die reine Wahrheit.«

Ich erinnere mich an das Gespräch mit Paul und sage: »Als Manichäer darfst du doch gar nicht der Fleischeslust frönen.«

»Das Oberhaupt, der Auserwählte, muss einmal die Vereinigung vollziehen, nur dann kann er mit dem Schiff in den Himmel starten. Doch nun komm zum Ende, die Zeit drängt.«

»Was passiert nach der Vereinigung?«

»Wir werden gemeinsam das Schiff besteigen, aber nun trink!«

Ich sah ein Weinglas vor mir. Aus einem Impuls folgend wischte ich das Glas vom Tisch.

»Bitte, wenn du es nicht anders haben willst.«

Auf ein Zeichen von ihm kamen die beiden Mönche und flößten mir ein Getränk unbekannter Zusammensetzung mit Gewalt ein. Als ich es hinunterschluckte, ließen sie von mir ab. Ich spürte, wie mir die Zunge schwer wurde und hörte mich noch fragen: »War es Selbstmord?«

»Ja und nein, sie sind freiwillig aus dem Leben geschieden, ich musste ihnen nur noch ins Gewissen reden und ihnen die Beichte abnehmen.«

Mir wurde schwarz vor Augen und ich spürte nur noch, wie ich weggebracht wurde.

23.30 Uhr

Mario wird nun doch unruhig.

»Verdammt, sie ist immer noch nicht da. Was mache ich zuerst? Ich rufe Mathias an.«

»Hallo Mathias, gut das ich dich erreiche. Indira ist nicht da. Sie hat mir aufgetragen, die Polizei zu alarmieren, wenn sie zu einem bestimmten Zeitpunkt nicht wieder da ist.«

»Was ist passiert?«

»Ich weiß nicht, auf dem Zettel steht, dass sie zum Arnstein geht und ich um 23.30 Uhr Alarm schlagen soll.«

»In Ordnung, ich rufe die Polizei. Es wird eine Weile dauern, bevor ich da bin, ich bin noch in Leipzig. Sei vorsichtig, wenn du auf die Burg gehst.«

»Ja.«

Mathias hört seine Mailbox ab und flucht. Sofort alarmiert er die Polizei und macht sich selbst auf den Weg. Mario packt seinen Rucksack, er nimmt sein Nachtsichtgerät mit, ein Messer und einen tragbaren CD-Player. Auf dem Weg zur Burg macht er kaum Geräusche. Er weiß, dass es überlebenswichtig ist.

Ich weiß nicht, ob ich träume oder wach bin. Neben mir liegt ein Mann. Meine Arme sind hinter meinem Kopf an einem Bettgestell festgebunden. Ich sehe in sein Gesicht, das sehr ausdrucksstark ist. Er hat ein sehr markantes Kinn und das ist das Unglaubliche, seine Augen.Man kann sich in ihnen verlieren, ich denke, die Augen sind der Spiegel der Seele. Doch hier erkenne ich nichts Böses. Der Teufel selbst muss ihm diese Augen gegeben haben.

»Du erkennst mich tatsächlich nicht?«

Ich schüttele den Kopf.

»Es ist schon lange her. Wir waren gemeinsam auf einem Seminar der Polizeiakademie. Damals hatte ich noch einen Vollbart. Ich war der Referent und wir haben uns am Abend bei einem Glas Wein sehr angeregt unterhalten, unter anderem auch über Psychopathen. Du warst der Meinung, dass die meisten Psychopathen was Hässliches an sich haben, meist sind es die Augen, deshalb anfangs meine Maske.«

»Wieso ich, was habe ich dir getan?«

»Nichts, du hast die Intelligenz, die gefragt ist, und wenn ich ehrlich bin, bist du auch meine Auserwählte. Du wirst gebraucht und jetzt entspanne dich. Ich werde dir jetzt wieder einen Knebel in den Mund stecken. Halt still, wir wollen doch nicht, dass es weh tut.« Ich sah noch, wie er unter mir ein schwarzes Tuch hinlegte, dann verband er mir die Augen und bedeckte meinen Kopf. Auf einmal hörte ich Geräusche. Lieber Gott lass es die Polizei sein und nicht die anderen Mönche. Ich glaubte zu hören, dass er sagte: »Sieh nach, was da los ist.«

Ich spürte noch, wie er mir den Slip auszog, dann versank ich in Dunkelheit.

Als Mario in der Ferne die Polizeisirenen hörte, war er schon auf der Burg. Er wusste nicht, wo ich in der Burg festgehalten werde. Aus seinem Rucksack nahm er den CDPlayer und legte eine CD von Rammstein ein. Später erfuhr ich, dass er das Lied »Stirb nicht vor mir« gespielt hat. Die Anhänger des Auserwählten, es waren sechs an der Zahl, gingen den Musikgeräuschen nach. Zwei konnte er überraschen und schlug sie bewusstlos. Von einem nahm er sich die Kutte und konnte so zwischen den anderen unbemerkt umherlaufen. Der Nebel war ihm ein guter Begleiter, fast unerkannt schaffte er es bis in die obere Etage der Burg. Doch dann wurde er von einem Mann aufgehalten und gefragt: »Was ist da unten los. Wieso höre ich Musik von Rammstein?«

»Weil ich Ihnen ein Ständchen bringe und meine Frau nach Hause holen werde.«

»Christian«, rief der Mann nach unten.

»Jetzt schreist du, was, wo ist meine Frau?«

Sie kämpften miteinander, es war ein zäher Kampf. Beide schienen gleich stark zu sein. Mario stolperte und sein Gegner hatte den Kampf fast für sich entschieden, als zum Glück Hilfe kam, gerade im rechten Augenblick. Mario lag auf dem Boden und sein Gegner war dabei, ihn mit einem Stock zu erschlagen.

»Polizei, lassen Sie den Stock fallen oder ich schieße.«

Mario erhob sich langsam, ließ die Kutte fallen und sagte: »Ich bin Mario Albrecht. Ich habe Sie über Mathias anrufen lassen, weil meine Frau gefangen gehalten wird.«

»Ist Ihre Frau Indira Albrecht?«

»Ja.«

In dem Moment kam Mathias und fragte: »Wo ist sie?«

Beide suchten nach ihr. Aus dem Fenster sah Mario, wie mehrere Gestalten den Burgberg hinunterliefen. Mathias gab Anweisungen, den Flüchtigen zu folgen. Sie sahen hinter einem Paravent einen aufgebauten Altar, umgeben von Kerzen und dem Hexagramm. Mario sagte: »Was ist denn das für ein okkulter Scheiß?«

Von Weitem vernahm ich ein Holpern. Allmählich kam ich wieder zu mir. Als ich dann noch meinen Namen hörte, schrie ich so laut ich nur konnte. Dann erkannte ich die Stimme von Mario und rief noch lauter, endlich hörte ich, wie er näher kam. Zuerst wurden meine Fesseln gelöst und dann nahm man mir die Kapuze ab. Der Lichtschein blendete mich. Mario lächelte mich an und sprach.

»Was machst du für Sachen? Kannst du gehen?«

»Ja, lass uns nach Hause gehen.«

Mathias sagte zu einem Beamten: »Fahren Sie die beiden nach Hause. Ich rufe dich Morgen an, Indira.«

»Morgen ist Wochenende, bitte nicht zu früh anrufen, Mathias«, bat Mario.

Mathias sah beiden hinterher und hoffte, dass Indira nichts passiert war. Die drei Flüchtigen wurden von der Polizei gestellt. Sie sind ihnen, dank des undurchdringlichen Nebels, direkt in die Arme gelaufen. Mathias ließ alle verhaften und sah sich auf der Burg noch einmal um. Den Wein ließ er ins Kriminallabor bringen und die Möbel, den Kandelaber und die Kerzen abtransportieren. Wenn am nächsten Morgen ein Tourist hier eintreffen sollte, würde er von der vergangenen Nacht nichts mehr vorfinden außer Kerzenwachs.

15. September

»Bist du sicher, dass du ins Büro willst? Wollen wir nicht lieber einen schönen, langen Spaziergang machen?«

»Danke, Mario. Der Spaziergang ist wirklich verlockend. Aber ich will das Ganze zum Abschluss bringen und das so schnell wie möglich. Lass uns den Spaziergang morgen nachholen. Mathias habe ich schon angerufen. Er ist schon im Büro.«

»In Ordnung, du machst ja sowieso, was du willst«, sagte Mario und drehte sich um.

Ich wusste, dass Mario es nicht toll findet, dass ich jetzt ins Büro fahre. Doch mir war es wirklich wichtig.

»Na, Indira«, begrüßte mich Mathias.

»Alles in Ordnung?«

»Ja, mit mir ist alles in Ordnung. Ihr seid ja rechtzeitig gekommen, und es ist zum Glück noch nichts passiert.«

»Können wir mit den Befragungen beginnen?«

»Ja, deshalb bin ich hier.«

»Ich würde dich für die Zukunft bitten, nie wieder solche Alleingänge zu machen.«

»Das verspreche ich dir. Ich habe aus dieser Lektion gelernt. In Zukunft werde ich meinen Träumen mehr Aufmerksamkeit schenken.«

Vernehmung

»Wie ist Ihr Name?«, fragte Mathias.

Wir haben uns geeinigt, dass er die Vernehmung führt und ich von draußen das Ganze beobachte.

»Ich spreche nur mit Indira, ich weiß, dass sie uns zusieht.«

»Da muss ich Sie enttäuschen. Ich führe das Gespräch oder Sie gehen wieder zurück in Ihre Zelle.«

»Gernot Büchner.«

»Wie?«

»Mein Name ist Gernot Büchner.«

Büchner, denke ich. Ja, das war das Seminar »Effektive Sprache bei der Vernehmung von Tatverdächtigen«. Ich war nicht gerade vom Seminar begeistert. Herr Büchner hörte sich selbst gern reden und seine Körpersprache hatte etwas von Narzissmus an sich. Wie kommt er dazu, mich für seine Zwecke zu missbrauchen?

»Wieso haben Sie Helmut Zinke und Michael Dumas umgebracht?«

Dazu legte Mathias Fotos von beiden Opfern aus.

»Ich habe sie nicht umgebracht. Ich habe ihnen nur bei der Entscheidung geholfen. Die waren doch schon so gut wie tot. Sie haben sich selbst Gewalt angetan. Jede Gewalt entspringt aus der Angst. Sie haben sich getötet, weil sie Angst vor der Zukunft hatten. Versagensangst, verstehen Sie?«

»Sie haben ihnen also dazu geraten? Das nennt man bei uns unterlassene Hilfeleistung.«

»Da kriege ich es aber mit der Angst, das müssen Sie mir erst einmal beweisen. Ich will meinen Anwalt sprechen.«

Mathias stand auf und ging.

»Indira, wir sind in der Zwickmühle, weswegen soll er verurteilt werden?«

»Wegen versuchter Vergewaltigung. Wegen unterlassener Hilfeleistung und weil er eine tickende Zeitbombe für unsere Gesellschaft ist.«

»Ja, du hast recht, aber mehr als fünf Jahre kriegt er dafür nicht.«

»Dann müssen wir beweisen, dass er geisteskrank ist.«

»Dann sollte unser Polizeipsychologe und ein unabhängiger Psychologe einen Test einleiten.«

»Komm, lassen wir ihn bis Montag schmoren«, sage ich.

»Indira, Indira, hörst du mich? Du wirst mich nicht mehr los. Ich bin nicht verrückt, auch wenn ihr das gerne hättet. Das Ganze ist noch nicht zu Ende. Ich werde freiwillig in die Psychiatrie gehen. Doch du wirst mich besuchen, du brauchst meinen Rat. Fürs Erste: Auf wiedersehen.«

Nachwort:

Sollte sich jemand in einer Person wiedererkennen, versichere ich, dass alle Personen und Handlungen frei erfunden sind.

Ich danke Ihnen, lieber Leser, Sie haben sich für mein Buch entschieden. Erst wenn Sie es lesen, wird es zum Leben erweckt. Auch haben Sie Anteil an einer Spende. 10 % des Erlöses erhält ein Kindergarten, um pädagogisch wertvolles Spielzeug zu kaufen.

Besonderer Dank gilt meiner Familie, Xaver, der die Idee eines Buches von Anfang an unterstützt hat. Andrea Probst, ohne sie hätte ich mit der Grammatik einen Deal machen müssen. Freunden, die mir durch ihre Personenbeschreibung geholfen haben, alles authentisch wirken zu lassen. Wiederum Freunden, die die ersten kritischen Bemerkungen gegeben haben.

Wenn Ihnen mein Buch gefällt, Sie Anregungen haben oder Verbesserungsvorschläge, dann melden Sie sich unter der E-Mail-Adresse: mario.wiese64@gmx.de

Benutzte Quellen:

Wikipedia
www.harz-saale.de Januar 2012
www.walpurgisfeier.de Januar 2012
www.harzlife.de Januar 2012

Kriminalistik Skript / Studienbriefe für die FH-Ausbildung der Polizei / Internet (Januar 2012).

Otto Popendiecker: Schrift über Harkerode, geschrieben im Jahre 1938.

Leslie M. LeCron: Fremdhypnose – Selbsthypnose. 9. Auflage. Genf/München, Ariston 1990

Marc Asher: Körpersprache. Bindlach, Gondrom 1999

David Fontana: Die Sprache der Symbole. Düsseldorf, Patmos 2004

Dan Brown: Sakrileg. Lübbe 2004

www.medizininfo.de Januar/Februar 2012
www.mansfeld-südharz.de Januar 2012
www.heiligenlexikon.de Januar 2012
www.scientology.de Februar 2012
www.harkerode.de Februar 2012

Petra Mattick

In den Fängen der Gottesanbeterin

Lynette ist schön, ehrgeizig – und eiskalt. Nach ihrer Hochzeit mit dem greisen Millionär Arthur begegnet sie Juri. In dem talentierten, leichtlebigen Maler findet sie ihr Pendant. Beide verlieben sich ineinander und ihre von Obsession bestimmte Beziehung fordert am Ende einen tödlichen Tribut.

ISBN 978-3-86237-747-3
Preis: 12,50 Euro

engl. Broschur
136 Seiten, 13,8 x 19,6 cm

Irene Sander

Lüneburger Affäre

In der Schwimmhalle Alexander von Eschenbergs wird seine Pflegerin Iris Lampert ertrunken aufgefunden. Er ruft Kommissar Ludger Heitkamp von der Lüneburger Mordkommission zu Hilfe, denn er hat gute Gründe, zu glauben, dass Iris umgebracht wurde. War das Motiv Eifersucht?, fragt sich Ludger Heitkamp, doch dann wird die Mutter der Toten aus dem Hinterhalt angeschossen, und das passt überhaupt nicht zu seinem Verdacht. Seine Theorie scheint plötzlich nicht mehr zu stimmen.

ISBN 978-3-86634-739-7
Preis: 14,90 Euro

engl. Broschur
277 Seiten, 13,8 x 19,6 cm